あなたを愛することはない？
それは私の台詞です!!

月神サキ
Saki Tsukigami Presents

JN240109

fairy kiss

この作品はフィクションです。
実際の人物・団体・事件などに一切関係ありません。

あなたを愛することはない？
それは私の台詞です!!

fairy kiss

序章　国王命令

「ああ、退屈だわ。王城へ鍛錬でもしに出かけようかしら」

エスメラルダ公爵邸、その二階の奥にある自室で寛《くつろ》ぎながら、私はうんざりと溜息《ためいき》を吐《つ》いた。

座っていた椅子から立ち上がる。目の前にある姿見に、赤いドレスを着た勝ち気な女が映った。

腰まで長さのある金髪の長い巻き毛と父譲りの青い大きな瞳。その目はつり上がっており、気が強く、男勝りな雰囲気を醸し出している。

背は高く、細身。だが鍛えているので、そこらにいる男たちより強い自信はある。

ステラ・エスメラルダ。

エスメラルダ公爵の第二子にして、王国の近衛《このえ》騎士団に所属する騎士でもあるのが私だった。

退屈を訴える私に、側《そば》についていたメイドが呆《あき》れ声で言う。

「半月ぶりのお休みをいただいたというのに、もう鍛錬ですか？　少しはお休みも必要だと思いますけど」

「半日も休めば十分だわ。これ以上は身体が鈍《なま》る気がするのよ」

「鈍りません。どうせ明日には騎士団の方へ戻られるのですから今日くらいは大人しく――」

「お嬢様、旦那様がお呼びです」

メイドと気楽なやり取りをしていると、ノックの音と共に家令の声がした。

父が呼んでいると聞き、緩んでいた気を引き締める。

「お父様が？」

「はい。書斎に来るようにと申しつかっております」

「そう、分かったわ。お伺いしますと伝えてちょうだい」

「かしこまりました」

足音が遠ざかっていく。私はもう一度伸びをした。

「一体なんの用かしら」

姿見の前に立って、軽く全身を確認する。だらしない格好で、父に会うわけにはいかないからだ。

父は用事があるのならば、自ら出向いてくるような人なので、わざわざ呼び出す理由が分からない。

「気にはなるけど、行ってみなければ始まらない、わね」

鏡の中の私は挑戦的に笑っている。

それを良しとしながら私はメイドに「父の書斎へ行くわ」と告げた。

◇◇◇

長い廊下を歩きながら父の書斎へと向かう。

目的地の書斎は、私の部屋がある西棟とは反対側の東棟にあるのだ。二階の廊下はギャラリーとなっていて、数々の美術品が楽しめるが、見慣れた品々なので特になんの感想も抱かない。

廊下にある窓を見れば、王城がそびえ立っているのが見える。

王城メシュロン。

平和と自然を愛するノリッシュ王国、その王家が住まう城であり、近衛騎士団に所属する私の職場でもあった。

ノリッシュ王国はここ数百年、戦争のない平和な国だが、軍事力はそれなりのものを持っている。

他国から侵略されないための自衛手段だ。

その軍事力は現在、国内の治安を維持するのに使われている。

お陰で王都の治安は貴族の娘がひとり歩きできるレベルで良く、他国にも驚かれているくらいだ。

自分が一役買っていると思えるのは誇らしい。

「ステラです、お父様。お呼びと伺いましたが」

「入りなさい」

書斎の扉をノックする。名乗るとすぐに返事があった。

扉を開け、中へと入る。

広い室内、その奥には執務机がどんと置かれている。壁には背の高い書棚が並んでおり、なんとも言えない威圧感があった。

私を呼び出した父は、窓際に立ち、外の景色を見ている。

てっきり父とふたりでの話なのかと思いきや、何故《なぜ》かその場には母と兄もいた。

母と兄は怒り心頭に発すといった感じで、執務机の前にあるソファに座っている。

「お、お母様？　お兄様まで……」

こちらを見ずに父が言う。

「まずは座りなさい」

「……はい」

有無を言わせない父の言葉に従い、母と兄の正面にあるソファに腰掛けた。

母と兄は何も言わない。だがその目には深い怒りがあり、ふたりが相当怒っているのだということがよく分かる。

——一体何があったのかしら。

ふたりは基本穏やかな人だ。それがこんなに怒るなんて、よほどのことが起きたに違いない。

そして今から私もその話をされるのだろうなと察した。

いつまでもこちらを向かない父の態度からもそれは明らかだ。

「座りました」

「……宜《よろ》しい。ステラ、お前に来てもらったのは他でもない。……お前に縁談の話が持ち上がっている」

「縁談、ですか？」

「そうだ。その相手はアーノルド・ロードナイト。ロードナイト公爵家のひとり息子。お前もよく知っている男だ」

「アーノルドですって⁉」

カッと自分の目が大きく見開いたのが分かった。怒りが込み上げてくる。その思いのまま立ち上がった。

「よりによってアイツと⁉」

私の反応を見た母と兄が大きく頷《うなず》いている。それだけで、ふたりが何について怒っていたのか一発で分かった。

きっと母たちは先に今の話を聞いたのだろう。怒るのは当然だ。

父の側に詰め寄る。

いまだこちらを見ようとしない父に直接怒鳴った。

「お父様！　一体、どういうことです！　私に『あの』ロードナイト公爵家へ嫁げとそうおっしゃるのですか！」

父に対する態度ではないと分かっていたが、止められない。

だって『ロードナイト公爵家』。その家の息子と結婚しろ、なんてふざけたことを父が言い出したのだから。

ロードナイト公爵家。

我が国、ノリッシュ王国で『三大公爵家』と呼ばれる家のひとつだ。

三大公爵家とは、エスメラルダ、ロードナイト、そしてベリルの三つの公爵家を指す言葉で、王家からの信頼も篤《あつ》い。

それぞれ何百年も続く由緒ある公爵家だ。

うちもその『三大公爵家』に数えられる家で、当然、残り二家と交流はある……あるのだけれど、如何《いかん》せん、うちとロードナイトはものすごく仲が悪かった。

犬猿の仲とはまさに私たちのことを指すのだろうと思うくらい。

顔を合わせれば厭味《いやみ》の応酬。どちらの方が国王により引き立てられるか馬鹿みたいに張り合い、互いに目の敵にしている。

例えば、ロードナイト公爵家がワインを献上し、国王に褒められたとする。

うちの家としては黙ってはいられないので、次の日にももっと良いワインを献上するか、相応のものを用意し「やはりエスメラルダ公爵家が一番だ」と言ってもらえるよう行動するのである。

とはいえ、それはロードナイト公爵家も同じ。

たとえば、国王がエスメラルダ公爵領を視察すると告げる。

そうすればロードナイト公爵家はすぐにでも国王に言うわけだ。

「もちろん、我が領地にもお立ち寄り下さるのでしょうな」と。

絶対にエスメラルダ公爵家だけに良い思いはさせない。取り立てられるのならうちもだと張り合ってくる。

とにかくものすごく仲が悪いし、自分の方が国王に取り立ててもらおうと互いに意地になる。

とはいえ、昔はこんなことはなく、逆にものすごく仲が良かったらしいのだけど、百年前にとある事件が起こり、それ以来、蛇蝎《だかつ》の如《ごと》く嫌い合うようになった。

その事件とは、ロードナイト婚約破棄事件。

当時のロードナイトの次期当主とエスメラルダの令嬢が恋仲になり、婚約。

だが、結婚直前にロードナイト公爵家から突然の婚約破棄を突きつけられたのだ。

エスメラルダの娘は、社交界からあることないことを噂《うわさ》されたことと、婚約破棄のショックから心を病み、そのまま亡き人となった。

婚約破棄をしたロードナイトの令息は、ベリル公爵家の令嬢と結婚。

しかも、ロードナイト公爵家はエスメラルダに「今後、そちらと付き合う気はない」とまで言ってきたのだ。

エスメラルダが怒り狂うのは当然のことで、それ以来、両家は犬猿の仲となっている。

両親も兄もロードナイト公爵家が大嫌いだし、もちろんそれは私も同じ。

特に、百年前の事件を知ってからは世界で一番嫌いな家という認識だった。

それなのに『その』家の息子と結婚⁉

何かの酷《ひど》い嫌がらせとしか思えなかった。

「なんってで、よりによってロードナイト！　ロードナイトと結婚しろなんて、私お父様に何か恨まれるような真似《まね》をしましたか⁉」

嫌すぎて、腕に鳥肌が立っている。

必死に訴えると、父が渋々私を見た。

「……私だって、嫁がせたくて嫁がせるわけではない。これは、陛下のご命令なのだ」

「陛下の⁉」

父から言われた言葉を聞き、愕然《がくぜん》とする。

父は溜息を吐くと、心底嫌そうに顔を歪《ゆが》めた。

「今でこそ仲が悪い両家だが、元はそうではなかった。王家としても三大公爵家のうち二家がいがみ合うような関係は改善してもらいたい。そのために結婚はどうかとおっしゃったのだ」

「……ええ？」

「ロードナイト公爵家の息子とエスメラルダ公爵家の娘。年の差もちょうどいい。ふたりが夫婦になることで両家の仲も改善されればこれ以上めでたいことはない、だそうだ」

国王の言ったことを、苦虫を噛《か》み潰したような顔で告げる父だが、私も、なんなら母と兄も似たような顔をしていた。

だって、結婚。

そもそもうちとロードナイト公爵家がいがみ合うことになった原因が『婚約破棄』なのだ。

にもかかわらず、それを思い出す『結婚』だなんて。

もっと揉《も》めることになると、国王は考えなかったのだろうか。

「上手くいくはずないと思いますけど」

己の考えを述べると、父は大きく頷いた。

「私もそう思うし、実際そう言った。だが、陛下は名案だと信じて疑わないようでな。国王命令と言われてしまえば断れない」

「国王命令……」

国で一番重い命令を出されれば、黙るしかなかったということらしい。

そうして父は嫌々ではあるものの命令を拝受し、屋敷に戻り、母と兄に話して、当人である私が呼ばれた……というのが今までの流れだった。

父が顔を歪ませて、執務机を拳で叩《たた》く。

「私だって誰が可愛《かわい》い娘を、にっくきロードナイトになんてやりたいものか！　お前が苦労するのは目に見えている！」

「その通りです、父上！」

父に呼応するように兄が立ち上がった。

「しかも結婚相手は『あの』アーノルドでしょう⁉　厭味で腹立たしい、良いところなんてひとつもない男です。ステラの婿だなんてとんでもない！　私は断固として反対します」

実感の籠もった言葉だ。だが、兄はアーノルド・ロードナイトと同じ職場に勤めているのだ。

王城の財務部門で、階級は同じ。

いつもふたりはいがみ合いながら、どちらの方が優秀か競い合っている。

実際の人物像を知っているだけに兄の言葉には重みがあった。

不機嫌な顔をしつつも黙って話を聞いていた母も、兄に同意した。

「あなた。私も反対です。どうしてよりによってロードナイトなのですか。それはもう、娘を生け贄《にえ》に捧げろと言われているも同然。毅然《きぜん》とした態度で断っていただかねば困ります」

「……私だって反対した。嫌な気持ちはお前たちと変わらない。だが、王命には逆らえないのだ」

「ですが……」

「いくら反対したところで、無駄だ。これは陛下の決定。我々は粛々と受け入れるしかない。分かるな？」

父の言葉に母たちが黙り込む。

私も何も言い返せなかった。

だって国王が決めたのなら、話はそれで終わり。

王制とはそういうものなのだ。

父が苦い顔で私を見る。

「ステラ。残念だがお前に拒否する権利はない。分かったな？」

「……はい」

何ひとつ納得できなかったが、それでも頷く。

こうして私は、世の中で一番嫌いだと思っている家の息子と結婚することが決まった。

第一章　結婚

死ぬほど気の進まない結婚が決まった。

にっくきロードナイトの息子。アーノルド・ロードナイト。

私よりひとつ年上の彼とは、王城で仕事をする関係上、兄ほどではないが、それなりに顔を合わせる機会はある。

キラキラした鬱陶しい銀髪に青い目という派手な色彩を持つ男で、腹立たしいが顔は良い。

だが、私と同様、向こうもこちらを嫌っているので、目を合わせれば即座に厭味。棘《とげ》のある言葉の応酬しかしたことがなかった。

そんな相手と結婚。

はっきり言って、憂鬱しかない話である。

とはいえ、父の言う通り『国王命令』だと言うのなら逆らえない。

いや、どうしても嫌なら逆らってもいいのかもしれないが、うちには三大公爵家としてのプライドがあるのだ。

国王が何よりも頼りにしている三つの公爵家のひとつ。

彼に困りごとがあるのならばいつだって「なんなりと」と笑顔ひとつで応じてきた。

「やはりエスメラルダ公爵家に頼んでよかった」

国王からそう言われることが我が家の誉れなのだ。

命じられれば全財産だって差し出す用意がある。

そんな我が家が、国王からの命令を断る？　相手が気に入らないという理由で？

あり得ない。

どう考えてもその選択肢は存在しなかった。

うちの方から「無理です」なんて口が裂けても言えるはずがない。

国王の望みには全力で応えるのがエスメラルダ公爵家。

だから私たちとしては、ロードナイト公爵家の方が断ってくれないかなと期待していた。

あちらだって、結婚が嫌なのは同じはず。

しかも向こうから断ってくれれば、こちらは悪者にならなくて済むのだ。

それどころか、

「うちは別にいいって言ったのに、断ったのはそっちだし～。陛下の面目を潰すとか最悪～。ぷー、クスクス」

と、言ってやれるのである。最高だ。

だからロードナイト公爵家が断ってきたという話を楽しみに楽しみに待っていたというのに、いつまで経《た》ってもその知らせは来ず、結局、婚約は決定。

今日、私の相手であるアーノルド・ロードナイト公爵令息が、結婚の挨拶にやってくるという、意味の分からない話になっている。

「なんっで断らなかったのかしら。最悪」

準備をしながら、毒づく。

あと一時間もすれば、婚約者となったアーノルドが挨拶にやってくる。

その用意に勤《いそ》しんでいるのだけれど、本音を言うのなら、着飾りたくなどなかった。

当たり前だろう。

好きでもなんでもない相手に対し、装いを整えて如何《いか》にも『楽しみにしています』みたいな感じで会うのは屈辱でしかない。

だが、いくら嫌でも私にはきちんとした格好をする必要があった。

私の相手となるアーノルドという男は、私が平服で現れた日には「おやおや、エスメラルダ公爵家のご令嬢は婚約時にどうするのかという常識すら教えられなかったようですね」とせせら笑う、とても鼻持ちならない嫌な男だからだ。

アーノルドに、ロードナイト公爵家に馬鹿にされるわけにはいかない。

意地でも完璧にして、文句を言う隙を与えない必要があった。

「ひとつのミスも許されないわよ。完璧にしてちょうだい」

鬼気迫る様子の私だったが、ロードナイト公爵家との確執は当然メイドたちも知っているし、なんなら長年エスメラルダ公爵家に勤めている者たちは、思考が私たち寄りとなっている。

「お嬢様を笑いものにはさせません」と、訪問約束時間十分前には完璧に仕上げてくれた。

この日のために用意されたのは、花嫁を彷彿《ほうふつ》とさせるクリーム色のドレス。

私の趣味ではないので、ゴテゴテとしたリボンなどは殆《ほとん》どないが、その代わり刺繍《ししゅう》や細かいレースが多い。

形もマーメイド型で、お姫様のような膨らんだスカートは選ばなかった。

私の柄ではないからである。

心の中は荒れに荒れていたが、文句を言っても仕方ないので、玄関ロビーへ向かう。

すでに父と母、そして兄が集合していた。彼らも正装していて一分の隙もない。

父が私を見て頷いた。

「うむ。それならロードナイトも文句をつけようがないだろう。万が一にも我がエスメラルダ公爵家が侮られることがあってはならないからな」

「もちろんです」

今から戦いにでも赴くかのように頷く。

実際、戦いに挑む気分だったので間違いではないだろう。

時間ぴったりに、玄関前で待機していた家令から連絡が入る。

「アーノルド・ロードナイト様、ご到着なさいました」

その連絡を聞き、兄が舌打ちをする。

「ちっ、一分でも遅れたら文句を言ってやろうと思ったのに」

「たぶん、向こうもこちらを警戒しているのだと思います。アーノルド・ロードナイトはなかなか隙を見せない男ですし」

「そうだな」

私の言葉に兄が同意する。

しばらくして、玄関の扉が開かれた。

父が無表情で前に出る。

「――ようこそ、エスメラルダ公爵家へ」

「この度は、素晴らしいご縁をいただきありがとうございます。アーノルド・ロードナイトです」

お手本のような優雅な動きで父に挨拶するこの男こそ、私の婚約者となったアーノルド・ロードナイトその人である。

相変わらず派手な色彩。青目に銀髪という目立つ色合いの男は、私に気づくと愛想良く笑って見せた。

私も意地で笑い返す。

黒を基調とした正装姿で訪れた彼は、父と挨拶を済ませると、私の方へやってきた。

目の前で跪《ひざまず》く。

「あなたの婚約者となれたこと、心から嬉《うれ》しく思います。陛下の深い思惑あってのご縁。これからよろしくお願いします」

「こちらこそ」

婚約者として完璧な挨拶と振る舞い。一応、これで礼儀としての婚約挨拶は終了だ。

アーノルドが立ち上がる。

にこやかに微笑《ほほえ》んでいた顔が、すっと表情を失った。

舌打ちせんばかりに告げる。

「……まさかあなたと婚約だなんて思いもしませんでしたよ。最悪です」

「それはこちらの台詞《せりふ》だわ。あなたと結婚するくらいなら八十の男と結婚した方がよほどマシだったのだけど」

「私もですよ。まだ生まれたての赤子と婚約したと言われた方がマシでした」

挨拶は終わったから、猫を被《かぶ》るのはおしまいということだろう。だがそれは私も同じだった。

アーノルドを睨《にら》みつける。

同性でも見惚《みと》れるのではないかと思う美しい面差しだが、私には憎たらしいとしか思えない。

背が高いので、自然と見上げる形となった。

「まさか婚約が成立するとは思わなかったわ。どうして受けたりなんてしたのよ。あなたなら断るに違いないと思っていたのに」

「断る？　国王命令をですか？　できるはずがない。あなたの方こそ断ってくれれば、楽で良かったのに」

「は？　どうしてうちの家があなたの代わりに泥を被らなければならないのよ。陛下の期待を裏切るなんて真似、エスメラルダがするはずないでしょう？」

「うちだってお断りです。どうしてあなた方をわざわざ喜ばせてやらなければならないんですか。分かっているのに断るほど愚かではありませんよ」

「結果として婚約する羽目になっているのだから、お気の毒な話よね」

「その言葉、そっくりそのまま返しますよ」

毒舌が止まらない。

睨み合いの応酬が続く。

雰囲気は最悪だ。だが、退くつもりはなかった。

私たちの言い争いに、兄も参戦してくる。

「婚約したところで、どうせまた婚約破棄してくるんじゃないのか？　いかにもロードナイトらしいやり方だが、次、同じことをすれば、今度こそただではおかないぞ」

煽《あお》る兄に、アーノルドが反射で反応する。

「はっ。まさか。うちは約束を守りますよ。いちいち百年も前の話を持ち出してくるとは、性格の悪い男ですね」

「お前に性格が悪いと言われるとは思わなかった。財務でもお前の嫌われぶりは相当だと聞いているぞ。一切のミスを許さない男だと。少しは部下に優しくしてやるのだな。でなければ、あっという間にひとり残らず逃げ出してしまう」

楽しげに笑う兄に、アーノルドは少しだけムッとした顔をした。

多少思い当たる節があるのだろうか。だとしたら、兄、よくやった。

「あなたとはやり方が違うんですよ。——次、昇格するのは私です。あなたは悔しがって、いつまでも私を否定しているといい」

「次に昇格するのは私だ。お前のやり方では誰もついてこないということを見せてやる」

「さあ、それはどうでしょうね。……挨拶は済みました。いつまでもエスメラルダにいる理由もありません。私はこれにて失礼させていただきます」

冷たく告げ、アーノルドが身を翻す。

誰も彼を引き留めない。むしろさっさと帰れという雰囲気だ。

私もアーノルドと同じ空間にいたくないので、帰ってくれて結構というスタンスで見送った。

アーノルドが玄関を出て行く。馬車の音がして、彼が帰っていったのが分かった。

ホッと息を吐き出す。

近くでまだ嫌な顔をしていた兄に思わず言った。

「私、本当にあの男と結婚するんですか⁉」

相性は最悪。

家族だって誰ひとり、結婚を喜んでいない。それは向こうだって同じだ。

「……今からでも取りやめにしたいんですけど」

「気持ちは分かるが、ロードナイトにつけいる隙を与えることになる。我慢しろ」

父が渋い顔で首を横に振る。母も兄も同意見のようだった。

私としても、ロードナイトに馬鹿にされるのは絶対に嫌なので、本気で言ったわけではなかったが、それでも誰も味方のいない現状にはがっくりくる。

どうしたって、結婚からは逃げられないらしい。

分かってはいたが、実際にアーノルドが来たことで「本当に結婚するんだ……」という嫌な実感が湧いてくる。

「うう……どうして私がこんな目に……」

兄ではいけなかったのかと思うが、ロードナイト公爵家にはアーノルドしか子供がいないので、結婚させるなら私とアーノルドしかなかったのだろう。

理解はできるが、自分の運の悪さには嘆きたくなってくる。

「結婚したくない……」

項垂《うなだ》れても、誰も「しなくていいよ」とは言ってくれない。

エスメラルダは昔から頑固なことで知られていて、絶対に国王の期待には応えたいのだ。

そして今回の結婚を言い出したのは国王。

うちからお断りはあり得ない。そして先ほどのアーノルドの台詞から、向こうも同じように考えているのは分かっているので。

「……最悪」

どちらも嫌だと思っているのに、婚約は破棄されない。

ずるずると互いを窺《うかが》う日々だけが続き、結局、私はアーノルドと挙式の日を迎えることとなった。

◇◇◇

「……まさか本当に、結婚式当日を迎えることになるなんて」

挙式を行う聖堂、その控え室でウエディングドレスに身を包んだ私は椅子に座って項垂れていた。

張り合い、意地を張っているうちにどうしようもなくなり、結局結婚することになる。

こんな結末になろうとはさすがに思っていなかったのである。

目の前にある鏡を見る。

ウエディングドレスを着た女は、今日の主役だけあり美しかったが、全く幸せそうな顔をしていなかった。

当たり前だろう。

好きでもないどころか、むしろ嫌いな男と結婚するのだ。これで笑っていたら、頭の神経をどこかやられたのではないかと疑う案件である。

衣装を整えてくれたメイドたちはすでに退出済みで、あとは花婿が迎えに来るのを待つだけという状況。

挙式して、書類にサインをすれば、私は正式にアーノルド・ロードナイトの妻になってしまう。

なんと恐ろしい話だろう。

「……ここまで来て、逃げるという選択肢がない自分に一番びっくりだわ」

忌々しいという気持ちを隠さず呟《つぶや》いた。

どうしても嫌なら逃げるという選択肢もある。だが、私はそれを自分で封じたのだ。

何故なら、エスメラルダ公爵家の名を地に落とすことになると理解しているから。

私が逃げれば、家族が笑われる。

それは家を、家族を愛している私としては絶対に避けたいことだった。

だからどれだけ嫌でもアーノルドと結婚するしかない。

全くもって腹の立つ話である。

「……用意はできましたか」

苛々《いらいら》していると、その要因となった男の声が聞こえてきた。

時計を見れば、挙式十分前。時間、ちょうどである。

「……できているわよ」

帰れと言いたくなったが堪《こら》える。

扉が開き、アーノルドが入ってきた。

シルバーの式典服を着ている。似合うがどうしようもなくムカついた。

この男が夫になるとか、いまだに信じられないし、何かの冗談だとしか思えない。

「……へえ」

入室するなり私を上から下まで見たアーノルドが、声を出す。

「何よ」

「いえ。それなりに化けるものだと思いまして。何せ、私の知るあなたは、いつも野蛮に剣を振っていましたから」

「侮辱なら今すぐその喧嘩《けんか》、買ってあげるけど。騎士を馬鹿にする発言は許さないわ」

カチンと来たので即座に言い返す。

喧嘩腰の私に、アーノルドも冷たい言葉で応酬してくる。

「馬鹿になどしていません。正直な感想を述べただけで。ですが、お気に障ったと言うのなら謝罪しましょう」

「心の籠もっていない謝罪ほど意味のないものはないから要らないわ。あなたこそ少しくらい運動した方がいいのではなくて？　この間、王城の廊下を荷物を抱えて歩いているのを見かけたわ。あれくらいの荷物で息を乱すなんて、運動不足に決まっているもの」

「ご忠告痛み入ります。ですがご心配なく。健康に必要な程度の運動は心がけておりますので」

「心がけているだけでは結果は出ないわよ。将来、お腹の肉が気にならなければいいわね」

「……こう言えばああ言う」

「お互い様だわ」

ふんっと互いに顔を背ける。

お互い、結婚なんてしたくないのだ。キツイ物言いになるのも当然で、とてもではないが、挙式十分前の男女には見えないと思う。

アーノルドが非常に不服そうに告げる。

「国王命令ですから結婚はします。ですが、覚えておいて下さい。この先、私があなたを愛することはないでしょう」

挙式直前にそんなことを言われては、普通の女性なら下手をすれば泣き出すのではないだろうか。

夫となる人に『愛さない』と言われたのだ。

それはショックだろうし、この先どうしようと不安になるものだと思う。

だが私はイラッとしただけだった。

だって、そんなこと言われるまでもない。むしろ私の方が先に言いたかったくらいだ。

だからアーノルドを睨み、言ってやった。

「は？　それは私の台詞だけど？　あなたと本当の意味で夫婦になることはないって、断言してあげるわ」

「それはそれは、有り難い話です」

「こちらこそよ。違《たが》えたりしたら、絶対に許さないから」

「そんなこと、世界がひっくり返ったとしてもあり得ませんね」

「そう。それならいいのよ」

言質を取り、頷く。アーノルドが言った。

「時間です。そろそろ行きましょうか」

挙式という言葉を敢《あ》えて使わないアーノルドに、私も小さく首を縦に振ることで応えた。

邪魔だったので上げていたヴェールを下ろす。

アーノルドが嫌そうに腕を差し出してくる。

私もとても嫌だったが、花嫁は花婿の腕に已の腕を絡めて入場するのが慣わし。無視するわけにはいかなかった。

「……うわっ」

いやいや手を伸ばす。手を絡め、顔を歪めた。

「……最悪だわ。鳥肌が立ってる」

「嫌なのは自分だけと思わないで下さい。私も同じですから。あと、その嫌そうな顔をなんとかして下さい。今回の結婚は陛下のご意向によるもの。私たちが嫌な顔をすれば、陛下にご迷惑がかかります」

真顔で窘《たしな》められ、舌打ちをする。

「そんなの言われなくても分かってるわ。人前に出たらちゃんとするから。陛下にも、あとエスメラルダ公爵家にも恥を掻《か》かせるわけにはいかないもの。完璧な花嫁を演じてあげる」

「私もそれは同じですね。ロードナイト公爵家の名を貶《おとし》めるわけにはいかない。幸せな花婿とやらを演じましょう。ただ、決してあなたのためではないことをお忘れなく」

「そんなこと言われたところで信じないから安心して。お互い自分の家と陛下のために結婚するのは分かってるはずよ」

「……そうですね。愚問でした。では」

――行きましょうか。

アーノルドが歩き出し、控え室の扉を開ける。

その瞬間、ふたりとも表情を変えた。

私は結婚を喜ぶ新婦に。アーノルドは、初々しい花嫁と結婚する幸せな新郎に。

私は全力で笑みを浮かべ、アーノルドを見た。

彼もまた、先ほどまでと百八十度違う麗しい笑顔となっている。

――ふうん、やるじゃない。

相手が大根役者では困るぞと思ったが、これなら大丈夫そうだ。

そしてアーノルドの方も同じことを思ったらしく、安堵《あんど》の息を吐いていた。

小声で告げる。

「……最後までその仮面を外さないで下さいよ」

「誰に言っているのかしら。完璧に演じてあげるって言ったでしょう？」

言い返しながらも笑顔は絶やさない。

外には護衛のための兵士たちが立っていた。挙式する祈りの間までしずしずと歩く。

祈りの間に着くと、両開きの扉が開いた。

公爵家同士の結婚式だ。出席者は大勢いる。

最前列には両親と兄がいて、表情が読めない顔でこちらを見ていた。反対側にはロードナイト公爵家の人たちがいる。彼らも似たような顔をしていて、この結婚に好意的でないのは火を見るより明らかだった。

――こんな誰も得をしない結婚なんて。

そうは思うも、すでに引き返せないところまで来ている。

心底嫌だったが、笑顔を取り繕い、アーノルドと共に祈りの間の中央に敷かれた絨毯《じゅうたん》の上を歩いた。

宣誓台には、式を執り行う教主と呼ばれる人物が立っていて、こちらを見て微笑んでいた。

挙式が始まる。

まずは夫婦としての誓い。

「――病める時も健やかなる時も、変わらず愛することを誓いますか」

誓いの言葉に私もアーノルドも淡々と答えた。

「誓います」

「誓います」

もちろん、心の中では「誰が」と思っている。

アーノルドを愛するなんて、生涯あり得ないと断言できるし、相手だって同じはず。

心の伴わない愛の誓いを終えたあとは、誓いの口づけが待っていた。

完全に忘れていたので「誓いの口づけを」と言われた瞬間、ギョッとしたが、アーノルドが一瞬酷く嫌そうな顔をしたのを見て、まあ大丈夫だろうと気を取り直した。

それでも目線で「絶対にキスなんてするなよ」と訴える。

アーノルドも「分かっていますよ。私だってごめんです」と目だけで返してきた。

皆からは見えないような角度で、キスをする振りをする。

ヴェールが上手く隠れ蓑《みの》になってくれたようで、誰も私たちが『振り』をしただけなことに気づかない。

それに心底ホッとした。

何食わぬ顔で挙式を終わらせる。最後、結婚誓約書が出てきたのを見て、さすがに一瞬、息が止まった。

この書類に名前を書けば、私はエスメラルダ公爵家の人間ではなくなってしまう。それどころか大嫌いなロードナイト公爵家に入ることとなるのだ。

それを目の前に突きつけられ、怖くなったのだ。とはいえ、書かないなんて選択肢があるはずもないのだけれど。

——今更よ、今更。

感傷に浸ったところで、どうにもならない。

私は無言で結婚誓約書にサインを書いた。

「これでふたりは正式に夫婦となりました。今後のふたりが幸せであるよう祈ります」

教主の言葉で挙式が締めくくられる。

隣で幸せそうな新郎を演じていたアーノルドがボソリと言った。

「——あなたと夫婦だなんて最悪です」

「それはこちらの台詞よ」

今すぐにでも「こんな結婚、取りやめだ」と言いたいのを我慢しているというのに。

とはいえ、全ての過程は終わったのだ。

互いにものすごく不本意ながら、私とアーノルドは夫婦となった。

◇◇◇

「まさかロードナイト公爵家とエスメラルダ公爵家が婚姻関係を結ぶなんて思ってもみませんでした。長生きはするものですなあ」

「ふふ、私もこんな未来が来るとは思ってもいませんでしたわ」

声をかけてきた知り合いの侯爵に笑顔で答える。

挙式が終わったあと、私たちは新居となる屋敷へ移動した。

新居の広間で結婚のお披露目パーティーをするからである。

私たちが住む屋敷は、王城からほど近い場所にある、ロードナイト公爵家が有していたものだ。

ロードナイト公爵家本家に共に住むことを私もアーノルドも断固拒否したため、こちらに居住することとなった。

ロードナイト公爵夫妻と同居なんて、地獄にもほどがある。まだアーノルドひとりだけの方がマシ。

アーノルドも……あと、ロードナイト公爵夫妻も私をロードナイト公爵家本家に入れたくないようで、互いの望みが合致した形である。

今まで空き家だった別邸は、公爵家が保有しているものだけあり、かなり広い。

それにロードナイト次期当主が住むのだ。事前に改修が行われたので、新居として使うのに申し分なかった。

一階にある円筒形の広間は、階上まで吹き抜けとなっている。

天井や壁は、外国から招いた装飾画家によって、神話の一幕が描かれていた。そのせいもあり、非常に華やかな印象を受ける。

大きな窓は開かれ、庭に出られるようになっている。開放的な雰囲気だ。

人々は笑い合い、ロードナイト公爵家とエスメラルダ公爵家が婚姻という関係で結びついたことを祝ったが、祝われている当人たちが一番嬉しくないという状況だった。

もちろん両親も、ロードナイト公爵夫妻も参加して笑みを浮かべているが、作られたものであることは明らかだし、それは私とアーノルドも同じ。

祝いの言葉に笑顔で礼こそ告げていたが、心の中では「無。このひととき、私は無になるのよ」と思っていたし、この楽しくもなんともない時間が早く過ぎ去ってくれないかなと願っていた。

実際、周囲に人がいなくなれば、あっという間に被っていた猫なんて剝《は》がれ落ちる。

アーノルドが眉を顰《ひそ》めながら言った。

「しかしよくもまあ、ニコニコと笑えるものですね。気持ちの悪い」

ようやく一通り挨拶を終え、一時的にではあるが誰もいなくなった途端、これである。

だが、私も必要ないのに笑顔でいるほど暇ではない。

すっと表情を消し、アーノルドに言い返した。

「気持ち悪いのはあなたも同じよ。何が『妻に迎えられて嬉しいです』よ。露ほども思っていないくせに、白々しい」

「は？『私には勿体《もったい》ない夫で』としおらしく語っていたのはどこの誰でしたかね？」

「やだ。起きていたと思っていたけど実は寝ていたの？　白昼夢も妄想もやめてちょうだい。不愉快だわ」

「自分の言ったことすら覚えていないとは、医者にかかった方が宜しいのでは？」

「覚えていたくないのよ。何せ、心にもないことを言っているのだもの。心を平穏に保つためにも、忘却は大切だと思うわ」

淡々と罵り合う。

それでも人が近づいてくれば、ふたりとも一瞬で笑みを浮かべるのだからある意味相性は良いのかもしれない。

いや、アーノルドと相性がいいなんて死んでもごめんだけれど。

「それでは本日の主役のおふたりに踊っていただきましょう」

夜会では鉄板であるダンスタイムが始まった。

当然、新婚夫婦たる私たちが最初に踊ることとなる。

凄《すさ》まじく気は乗らないが、これも義務だ。アーノルドも同じように思っているのだろう。

私にしか聞こえない声で言った。

「ダンスです。あなたも私と踊りたくないかもしれませんが、それは私も同じ。先に言っておきます。足なんて踏んでみなさい。絶対に許しませんから」

恥を掻かせるなと言われ、ハッと鼻で笑った。

「ヒールで足に穴を開けてやりたい気持ちは山ほどあるけどやらないわよ。それで恥を掻くのはあなただけではないもの」

ロードナイト公爵家が笑われる分には構わないが、私を通してエスメラルダ公爵家が笑われるわけにはいかない。

そう告げるとアーノルドは得心したように頷いた。

「なるほど。確かに大丈夫そうですね」

「当たり前よ。舐《な》めないでくれる？」

「宜しい。では行きましょうか」

アーノルドが腹立たしいほど優雅な動きで、エスコートのための手を差し出してくる。

払いのけてやりたい気持ちを抑えつけ、その手を取った。

音楽が流れる。

曲に合わせてステップを踏んだ。やるからには完璧でなければならない。

ただ、恋人同士のように甘いダンスにはならなかった。

通常、恋人や夫婦は距離が近いことが多く、見ていても甘い雰囲気が漂うものなのだが、私もアーノルドも必要以上に相手に近づきたくなかったのだ。

互いに『そこまでしなくてもいいだろう』と考えた。

だって好きでもない相手と密着なんて御免被りたい。

結果として、ダンス教師が踊るお手本のような踊りになってしまったが……足を踏んだわけではないので及第点と言えるだろう。

さすがに恋人のように密着して……というのはレベルが高すぎるというか、不可能だ。虫唾《むしず》が走る。

ダンスが終わり、参加者たちが拍手をしてくれる。もう一曲という声もあったが『疲れているから』と笑顔で辞退させてもらった。

本音はもちろん『誰が、二曲も踊るか！』である。

主役である私たちのダンスが終われば、他の人たちも自由に参加できる。

皆、それぞれパートナーと踊り始めた。それを笑顔で眺めながら、少し後ろへと下がる。

アーノルドが実に余計なことを言ってきた。

「意外と上手くて驚きました。女騎士のダンスなど期待していなかったのですが」

「私こそ吃驚《びっくり》したわ。普段、運動もしない方がどんなダンスを披露してくれるのかしらと思っていたから」

ウフフ、アハハと笑顔で棘しかない言葉のやり取りをする。

お互い、相手に対する好感度が底辺なので、どうしたって『素直に褒める』なんて選択肢は出てこないのだ。

寒々しい雰囲気の中、笑みだけは忘れず浮かべる私たちははっきり言って異様だろうが、幸いなことに誰も気がついてはいない。

いや、ロードナイト公爵家とエスメラルダ公爵家の関係者だけは分かっているだろうが、彼らは彼らで互いに牽制《けんせい》し合うのに忙しいので、こちらに気を向ける余裕はなさそうだった。

「ふたりとも、素晴らしいダンスだったよ」

早くこの窮屈極まりないお披露目が終わらないかなと思っていると、にこやかな笑みを浮かべた男がひとり近づいてきた。

黒髪黒目で爬虫類《はちゅうるい》を思い出させる系統の、だけどそれなりに顔の造作が整った男。

ひょろりと背の高い、礼服に身を包んだ男の名前は、アンドレア・ベリル。

三大公爵家、ベリル公爵家の跡取りである。

「……アンドレア」

笑顔から一転、渋い顔をして彼を見る。

彼の前で笑顔を取り繕うつもりはなかった。何故なら私はこの男のことが大嫌いだからだ。

「あなた、来てたの」

「もちろん、我が家と同じ三大公爵家の結婚式、来ないはずがないだろう」

「そうね」

返事をする。

ねっとりとした声は聞くだけで虫唾が走った。

アンドレアは昔から妙にちょっかいをかけてくるのだ。それだけならあまり気にしないが、彼はとても性格が悪い。

自分より下の立場の者に対し陰湿な虐《いじ》めをするタイプで、それを指摘しても「虐められる方に問題がある」と堂々と言ってのける男だった。

ベリル公爵家自体はそこまで嫌いではないが、この男はダメだ。生理的に受けつけない。

——虐めを正当化するような男と、親しく付き合いたいと誰が思うものですか。

しかも彼はいくら言っても行動を自重しないのだ。

騎士団に所属し、わりと正義感が強い私には、アンドレアは不快でしかなかった。

嫌な男が来たなと思っていると、私と同じくらい嫌そうな声でアーノルドが言った。

「本日はどうも。私たちの結婚式に出席いただき、感謝します」

全く感謝の籠もっていない声だ。それだけでアーノルドもアンドレアを好きではないことが伝わってくる。

そしてそれは、アンドレアも気づいたのだろう。大袈裟《おおげさ》に目を見開き、首を横に振った。

「酷いな、アーノルドくんは。我々は親戚関係だというのに、もっと歓迎してくれてもいいのでは？」

アーノルドとアンドレアが親戚関係というのは本当だ。

何せ、例の百年前の事件。ロードナイト公爵家は最終的にベリル公爵家の娘を娶《めと》ったのだから。

ふたりの間に子供はできなかったが、縁があるのは事実だった。

アーノルドが溜息を吐きながらも礼を取る。

「それは失礼。てっきり出席するのはベリル公爵夫妻だと思っていましたので、まさかあなたが来るとは思わなかったのです」

「同年代の君たちが結婚するんだ。当然僕も出席するとも。しかし、まさか君たちが結婚するとはね。意外だったよ」

「……意外とは？」

「君たちの家の仲の悪さは有名だからね。だから聞いた時は驚いたんだ」

「……男女の仲とは分からないものです。あなたにもいつか分かる日が来るかもしれませんね」

――え？

てっきり「陛下の命令で仕方なく」と答えると思ったので驚いた。

思わずアーノルドを見る。

どうやら彼は、国王命令で私たちが結婚したことをアンドレアに言うつもりはないようだ。

わざわざ教えてやるつもりはないということだろうか。

でも確かにアンドレアに教えたところで、余計なことを言われるだけのような気はするから、言わないが正解な気がしないでもなかった。

「……君たちの結婚生活が上手くいくように祈っているよ」

何故かムッとした顔をし、アンドレアが去って行く。

彼の姿が見えなくなったのを確認し、小さく息を吐いた。

「……私、あいつ嫌いだわ」

「不本意ですが、同意します。私もアンドレアのような男は好きではありません」

「あら、珍しく意見が合ったわね。親戚なのにそんなこと言って構わないの？」

「婚姻関係があったというだけで、血の繋《つな》がりはありませんよ。あんな男と同列に並べないで下さい。反吐《へど》が出ます」

「へえ？　何、あなたもアンドレアに虐められたの？」

ないと分かっていたが、それでも告げる。アーノルドは心底嫌そうに言った。

「そんなわけないでしょう。あの男がターゲットにするのは、いつでも自分に逆らうことのできない立場の者ばかりですから。同じ家格の私を狙うなんてするはずがない」

どうやらアーノルドも、アンドレアの虐め現場を見たことがあるようだ。

胸くそ悪くなるという顔をする彼に、大いに同意した。

「そうよね、あいつ、趣味は弱い者虐めだもの。見ていて気分が悪くなるわ」

「アレと仲間だなんて絶対に思われたくありません」

「分かるわ」

「……あなたも現場を見たことが？」

「あるし、何度も止めているわ。いくら注意しても行動を改めようとしないのが一番腹立たしいところね」

この間は平民の頭を足で踏みつけているところを目撃した。

少し腕がぶつかっただけなのに、難癖をつけて土下座させ、更にその頭を踏みつけていたというのだから驚きだ。

相手は涙を流して泣いていたし、とてもではないけど放ってはおけなかったから介入したが、やはりアンドレアはどこ吹く風で、悪いとも思っていないようだった。

「あれが、私たちと同じ三大公爵家の人間だなんて信じたくないけど」

「全くです。相応《ふさわ》しい振る舞いを心がけてもらいたいものだ。私が見たのは、人の手柄を自分のものにしているところでしたよ」

「ああ、それ。アンドレアがよくするやつよ。本当に最低よね。しかもあの気持ちの悪い目つき。いつもこちらを値踏みするように見てきて苛々するの。父親のベリル公爵はまだまともなのに」

「全面的に同意します」

ふたりともアンドレアが気に入らないので、珍しく普通に話が続く。

悪口で盛り上がるのもどうかとは思うが、アンドレアに対する不快感はかなりのものなのだ。

共感できる人物がいるのは有り難い。

そうこうしているうちに、お披露目のパーティーは終わり、おひらきの時間となった。

皆が帰宅する中、兄がこちらにやってくる。

「お兄様？」

兄は隣に立つアーノルドを憎々しげに見ると、私に言った。

「何かあったらいつでも戻ってこい。私も父上たちも、お前の帰りを待っている」

「……お兄様」

帰ってこいなんて、嫁いだばかりの人間に言う言葉ではなかったが、私にとっては何より嬉しいはなむけの言葉だった。

兄がアーノルドを睨みつける。

「妹を粗雑に扱ってみろ。エスメラルダは決してロードナイトを許さないからな」

「……心配せずとも丁重に遇する予定ですよ。難癖をつけられるのは嫌ですからね」

「今の言葉、胸に刻み込め。ゆめゆめ忘れるなよ」

もう一度念押しをし、兄が離れていく。

そのあと、両親も同じようなことを言い、私を励ましてくれた。

彼らが去ったあと、今度はロードナイト公爵夫妻がやってくる。公爵は私を強く睨《ね》めつけたあと、アーノルドに言った。

「ないとは思うが、この毒婦に籠絡《ろうらく》されないように。結婚したとはいえ、これはエスメラルダの人間だ」

「分かっております、父上」

「絆《ほだ》されるなよ」

「心得ております」

言い方に棘を感じたが、さすがに何も言わない。

お互い様だと分かっていたし、今、公爵に言い返すことに意味はないと知っていたからだ。

ロードナイト公爵夫妻も去り、本邸に戻っていく。

やがて全員が屋敷を出て行き、残されたのは屋敷の主人であるアーノルドと妻の私だけとなった。

使用人たちが片付けを始める中、アーノルドが言う。

「それでは私もこれで。自分の部屋くらい分かりますよね?」

「ええ」

「結構。念のため言っておきますが、結婚したからといって妻面をしないように。もちろん当家のことに口出しはさせません。公爵夫人として家を回そう、なんて考える必要はありませんから」

お飾りの妻でしかないと宣言されたわけだが、別になんとも思わなかった。

むしろ堂々と告げる。

「それは有り難いわね。私も国王命令だから嫁いだだけで、ロードナイト公爵家の人間になったつもりはないもの。ロードナイトに関わるつもりはないわ」

「助かります。両親もですが、私もあなたをロードナイト公爵家の人間だと認めてはいませんので」

睨み合い、ほぼ同時に視線を外す。

先にアーノルドが、玄関ロビーにあるらせん階段を上っていった。彼の姿が見えなくなってから、私も階段を上る。

私に与えられた部屋は二階、東側。アーノルドの部屋とは反対側だ。

もし夫婦だから隣、なんて言われたら、全力で拒絶してやろうと思っていたので助かった。

自分の部屋に行き、扉を開ける。中に入ってすぐ内鍵を掛けた。

本邸ではないにしても、ここはロードナイト公爵家の屋敷には違いないのだ。

自衛として当然の行動だった。

「……」

自室として与えられた部屋をぐるりと確認する。

すでに夜も遅かったが、使用人が灯《あか》りを入れてくれていたのだろう。部屋の中は十分すぎるほど明るかった。

天井と壁は薄い青色とクリーム色の配色で、優美な雰囲気に仕上がっている。

室内の広さは、結婚前の自室と大差なく、寛ぎスペースも十分にある。

ソファやテーブルといった家具は全て新品が用意されていた。

ロードナイトが長年使っていたものに触れさせたくないということだろうが、私もこの方が有り難い。

室内をくまなく検分して回る。

壁に飾られた風景画も最近のものだったが、新進気鋭の画家が描いた作品で不満には思わない。

カーテンや絨毯も有名な工房の逸品だ。

不足に感じるものはなかったし、公爵家の令嬢に与える部屋としては及第点だ。

「ふうん……」

一通り、観察を終え、頷く。

どうやらロードナイト公爵家は、私をきちんと遇する気があるようだ。

というか、つけいる隙を与えるものかというのが本音なのだろう。実際、少しでも落ち度があれば、実家に言いつける気満々だったので「チッ、文句を言うところがない」という気分である。

あまり彷徨《うろつ》いて欲しくないからか、部屋には小さいながらも浴室が備えつけられていた。最悪、引き籠もって過ごすこともできるようになっていて、いざという時はそうしようと決める。

「……ねむ」

全部確認し、問題ないことが分かったからだろうか。

強烈な眠気に襲われた。

考えてみれば今日は朝から挙式、午後はお披露目のパーティーと、怒濤《どとう》の忙しさだったのだ。

疲労しているのも当たり前。

私はさっさと寝ることに決めた。

浴室を使い、クローゼットに入っていた寝衣に着替えて、居室の奥の寝室で横になる。

使用人は連れてくることができなかったので、ひとりで準備をする羽目になったが構わない。

騎士として長く過ごしてきたのだ。外に遠征に出ることもあったし、身の回りの世話くらい自分でできる。

ベッドの寝心地も実家とあまり変わりなく、これならすぐにでも眠れそうだった。

「……疲れたわ」

息を吐き、目を瞑《つむ》る。

今夜がいわゆる初夜だということは分かっていたが、当然アーノルドを待つ気はなかった。

彼は来ないだろうし、そもそも内鍵を掛けたままだ。

万が一、来たところで、追い返すと決めている。

「……お休みなさい」

敵地にひとり乗り込んだ心地では、なかなか眠れないかと思ったが、そうでもなかった。

意外に図太い神経の持ち主だった私は、五分も経たないうちに寝息を立てていた。

第二章　離婚のすすめ

嬉しくもなんともない新婚生活が始まった。

新婚初夜であるあの夜から今日まで、当然、アーノルドは私の部屋を訪ねていない。

お互いに『お前とはあり得ない』と言った通り、白い結婚生活を貫いていた。

同じ屋敷に住んでいるのに、殆ど顔も合わせないし、会ったところで一切会話をしない。

同居しているのに完全別居生活である。

当然だけど。

アーノルドは城の財務部門で働いているので、毎日朝早くに登城して、夜遅くまで帰ってこない。

私はといえば、結婚するにあたり、近衛騎士団を辞めてしまったので非常に退屈だった。

だけど仕方ない。

近衛騎士団には夜勤業務もあるし、遠征もある。

既婚者は宿舎に泊まり込む必要はないが、とにかく屋敷を空ける機会が多いのだ。

それに私には関係ないが『子供』の問題も出てくる。

だから基本的に女騎士は結婚すれば退団することが決まっていた。

腹立たしい話ではあるが、入団時から理解していたことであるので、文句はない。

とはいえ、暇なのは辛《つら》いから、せめてと思い、庭に出て鍛錬をしている。

これについてアーノルドが何か言ってくるかと思ったが、結局、何もなかった。

文句を言ってきたら、百倍くらい言い返してやろうと構えていただけに、正直肩透かしを食らった気分だ。

というか、他にすることがないので、鍛錬を禁じられてしまうと、ストレスの発散場所がなくなってしまうので、何も言われず助かった。

何せ、屋敷のことは何もするなと言われているので。

普通、公爵夫人ともなれば、屋敷を管理し、使用人を纏《まと》め上げ……と、とにかくやることが多いのだけれど、私を信用できないアーノルドはそれをひとりでやっているのだ。

もちろん助けてくれと言われたところでやる気はないが、よくやるな、とは思う。

しかし、いつまで今の生活を続ければいいのだろう。

ロードナイト公爵家に嫁いで、三ヶ月。

そろそろ本格的に暇になってきたし、このまま屋敷内でひとり腐るのも嫌だと思う。

だが、ロードナイト公爵家のために何かするというのも癪《しゃく》だし、そもそもアーノルドが許さないだろう。

つまり、鍛錬する毎日が続くだけということである。

「それはキツイわね」

自室でお茶を飲みながら、眉を中央に寄せる。

お茶は、屋敷に勤めるメイドが淹《い》れたものだ。

公爵家の使用人たちの私に対するスタンスは、女主人というよりはお客様で、丁重に世話をしてはくれるが、よそ者感がものすごい。

味方がひとりもいない現状はストレスが溜《た》まるが、基本私は強い女なので平気だ。

いざとなれば武力で制圧してやると思えるのは、心身の健康に良い。

「うーん……」

テーブルにティーカップを置き、顎に手を当てて考える。

なんとか現状を打破する良い方法はないかと思ったのだ。

いつまでも軟禁状態を良しとはできない。

「……やっぱり離婚しかないわよね」

このままロードナイト公爵家にいたところで、私の扱いが良くなる可能性はゼロだし、私もここで居場所を作ろうとは思えない。

となれば、取れる方策は離婚一択。

しかし、国王命令で結婚したのに、やっぱり離婚しますは難しいだろう。

離婚するにはそれなりの理由というものがいる。

これは仕方ないと思ってもらえるような理由。それはやっぱり――。

「浮気」

ポツリと呟く。

そう、アーノルドが浮気をすれば全部が解決すると気がついたのだ。

いくら国王命令だったとしても、不貞を働いた者と結婚生活は続けられない。

離婚の正当な理由になるし、皆、私に同情してくれるはずだ。

浮気された可哀想な公爵夫人。それは当然、離婚にもなるだろうと――。

「……私が可哀想って思われるのは腹立たしいけど、でも、離婚するのに手段は選んでいられないわね」

アーノルドに泣かされて可哀想なんて言われた日には暴れる気しかしないが、目的はあくまでも離婚。そのためなら多少の『可哀想』も甘んじて受け入れようではないか。

「肉を切らせて骨を断つ。同情されるのはムカツクけど、離婚できて万々歳だし、全面的にアーノルドが悪いわけだから、エスメラルダ公爵家が悪く言われることもない。陛下だってそれは仕方ないと思って下さるはずだわ。……ええ、これしかない」

万が一にも私が悪いなんてことになっては困るのだ。

私は完璧な被害者でなくてはならないし、そのためにはアーノルドに浮気をしてもらわなくてはならないのである。

「でも、どうすれば浮気してくれるのかしら」

問題はそこだ。

何せ今のアーノルドは、早朝から夜まで働き詰め。

それが終われば自室で公爵家の仕事をしていて、私生活を楽しむ余裕なんてどこにもない。

その状況でどうすれば浮気できるのか。

アーノルドが無類の女好きとかならそれでも大丈夫なのかもしれないが、彼に浮いた噂はひとつもない。

「ちぃっ！　女遊びのひとつくらいしてなさいよ。甲斐性《かいしょう》がないわね」

自分の夫には絶対に言わないであろう台詞を舌打ちしながら言う。

今のアーノルドにはそもそも異性と出会うことすら難しいのだ。つまり、私がお膳立てをしてやる必要があるということ。

「自然な感じで、可愛い女の子と出会わせればいいのよね。アーノルドが積極的なタイプでないのなら、肉食系女子を宛てがうのが手っ取り早いか……」

社交界にいる、男好き……いわゆる肉食女子として有名な令嬢たちを思い浮かべる。

彼女たちは総じてイケメンが好きで、あと、人の男を取るのが好きだ。

アーノルドなら、次期公爵という地位に新婚ホヤホヤ、顔もそれなりに良いということで、彼女たちのお眼鏡に適《かな》うのではないだろうか。

「ふむ……悪くないわね。セッティングの場としては……やはりお茶会を企画するのが一番かしら」

アーノルドが屋敷にいるタイミングを狙って、お茶会を開くのだ。

お茶会は貴族女性の嗜《たしな》みのようなもの。

特に上級貴族ともなれば、毎週お茶会を開く猛者だっている。

公爵夫人となった私がお茶会を開く。極々自然なことである。

「うわ……」

自分で公爵夫人と言って、鳥肌が立った。

――ロードナイト公爵夫人とか、ないわ。

慌てて腕をさする。

ダメだ。やはり拒否感が強い。

これは一刻も早く離婚しなければならない。

私は決意し、これぞと目をつけた令嬢たちに早速お茶会の招待状を送ることにした。

◇◇◇

アーノルド浮気作戦決行日となった、お茶会当日。

私は使用人たちに一階にある談話室、そのバルコニーでお茶の準備をするように命じた。

外の空気を感じ、庭の花々を眺めながらお茶会をするのはよくあることだし、お茶会はロードナイト公爵家とはなんの関係もない、女同士の付き合いみたいなもの。

だからお茶会を開くと言っても特に反対されることはなかった。予定通りだ。

「本日はお招きいただきありがとうございます」

やってきた令嬢たちは、五人。

全員、社交界でそれなりに有名な人物である。

男好きだったり、他人の男を寝取るのが趣味だったり、単純に地位のあるイケメンが好きという子もいる。

今日のために、これぞという人たちを集めたのだ。彼女たちならきっと難攻不落のアーノルドだって攻略してくれるはず。

私はそう信じていた。

「よく来てくれたわ」

心から歓待し、彼女たちをもてなす。

アーノルドは屋敷にいるので、ここぞというタイミングで遭遇させるのだ。あとはきっと彼女たちが上手くやってくれるはず。

男好きで有名な女性、ミーア・ランティス侯爵令嬢が早速、何かを探すような素振りを見せた。

たぶん、アーノルドがどこにいるのか気になっているのだろう。

私はにっこりと微笑みながら彼女に尋ねた。

「どうしたの？」

「なんでもありませんわ。ただ、お屋敷のご主人にご挨拶するべきではないかと思いまして」

――ほほう。

堂々たる返しに感心する。

動揺するどころか、それが当然であるかのような態度を取れるのは素晴らしい。

さすがは私が見込んだ女性である。

ミーアの言葉に、他の女性たちも追随した。

「そうですわ。お屋敷のご主人であるアーノルド様にご挨拶しないわけにはいきませんもの。ステラ様、アーノルド様はどちらに？」

「私もご挨拶したいですわ。屋敷の主人に挨拶しないような無作法者ではございませんので」

肉食系を思わせる言葉を聞き、心から満足した。

獲物を狩る気満々の女性たちに笑顔で告げる。

「夫は今、仕事をしているので邪魔はできないの。でも、休憩する時は庭に出てくると思うからその時なら声をかけられるのではないかしら」

うふふと笑う。

彼女たちは今の会話で、皆がライバルだと察したようで、バチバチと視線だけで牽制し合っていた。ミーアが嘲るように、イケメン好きで有名な女性に言う。

「あら、あなたがアーノルド様にご挨拶するには、身分不相応ではなくて？」

イケメン好きの女性は子爵家の令嬢で、この中では一番身分が低いのだ。

ミーアの発言は、ライバルを追い落とすためだったが、子爵家の令嬢――レイテ・シンフィア嬢は強気に言い返した。

「アーノルド様はそのようなことを気になさる方ではありませんわ」

「そうかしら。子爵家の令嬢風情が公爵家次期当主に直接挨拶したいなんて、おこがましいと思うけど」

「それは……でも、アーノルド様ならむしろ礼儀がなっていない方を嫌がられるかと」

確かにそうかもしれない。どうやらレイテの方がアーノルドについて勉強してきているようだ。

感心しているとミーアは眉をつり上げた。

「まあ、あなたがアーノルド様の何を知っているというの？」

「少なくともあなたよりは知っていると思いますわ」

女主人を放置して、その夫を巡った戦いが繰り広げられている。

ついには他の三人も参戦し始めた。なかなかに醜い争いだが、私は非常に満足だった。

これくらいガッツがある方が、アーノルドを落としてくれそうだと思えるからである。

「皆、落ち着いて。まずはお茶を楽しみましょう」

皆の罵り合いを一通り楽しんでから笑顔で諌《いさ》め、女主人としての役割をこなす。

時折、いがみ合いを始める五人を宥《なだ》めながら、お茶会を進めた。

一時間が経過する。いよいよその時がやってきた。

アーノルドが休憩がてら、庭に出たのを見つけたのだ。

このチャンスを逃すわけにはいかない。

——くくっ、のうのうとしていられるのも今のうちよ！

私は実にわざとらしく声を上げた。

「あら、あんなところに夫が」

「え」

「え？」

案の定、令嬢たちが勢いよく食いつく。

私は自席から立ち上がり、皆に言った。

「ごめんなさい。少し用事ができて、三十分ほど席を外すわ。皆は好きに過ごしてちょうだい」

笑顔で部屋を出る。

十分ほど経って、お茶会の会場に戻ってみれば、予想通りそこには誰もいなかった。

皆、アーノルドのところに行っているのだろう。計画通りだ。

実際、庭を見てみれば、令嬢たちが彼を取り囲んでいた。

屋敷の主人に挨拶したくてとかなんとか言っているのが聞こえるが、目的がアーノルド自身にあるのは火を見るより明らか。

外見だけは文句なしのアーノルドに、皆が目の色を変えている。

私は皆から見えないように少し近づき、聞き耳を立てた。

ミーアが挨拶をしているのが聞こえる。

「初めまして。ミーア・ランティスと申します。今日は奥様のお招きで参りましたの。以前より、アーノルド様のことは存じ上げておりました。どうぞお見知りおき下さいませ」

非常に熱心な態度だ。私と話していた時の十倍は熱量がある。

ミーアからは、なんとしてもアーノルドを落としてやるという気迫が感じられた。

他の女性たちも似たようなもので、なんとかアーノルドの興味を引こうと必死だ。

「よしよし、その中から好きな女を選んで浮気するといいわ」

女性のタイプは色々で、ひとりくらいアーノルドが好きだと思える女もいるだろう。

女性たちは皆、肉食系だけあり積極的なので、アーノルドが絆される可能性は十分すぎるほどあった。

「皆、上手くやってね」

誰もいなくなった茶席で、ひとり紅茶を楽しむ。

予告した三十分が経っても誰ひとり帰ってこなかったが、私は全く気にならなかった。

それだけ獲物《アーノルド》が気に入ったということなのだろう。

手配した身としては大満足である。

そうして上手く浮気の仕込みをした私は、上機嫌で自室へと戻ったのだけれど、何故か夜になって突然アーノルドが部屋を訪ねてきた。

「……ステラ、話があります」

「……何かしら」

部屋に来るなんて珍しいと思いながらも、扉を開ける。

当然、入室などさせる気はないので、廊下で立ち話だ。

「手短に頼むわね。私、あなたとする話なんてないの」

関わりたくないと告げれば、アーノルドも「それはこちらも同じです」と言い返してきた。

「ですが、さすがに釘《くぎ》を刺しておかなければと思いまして」

「なんの話？」

怪訝《けげん》な顔でアーノルドを見る。

アーノルドは蔑んだ目で私を見ていた。

「あなた、友人はもう少し選んだ方がいいですよ」

「は？」

何を言われたのか、一瞬理解できなかった。

友人は選んだ方がいい？　それは一体なんの話だ。

「……話が見えないのだけれど」

「そうですか？　ではもっと分かりやすく言ってあげましょう。既婚者に色目を使うような女をあなたは友人としているのですね」

「……」

すっと真顔になった。

なるほど、そういうことか。

彼の冷え冷えとした口調の中に嘲りを感じる。

間違いなくアーノルドは、昼間のお茶会について文句を言っているのだ。

既婚者に色目。そういう言い方をするということは、今日の女性たちを彼は気に入らなかったのだろう。最悪だ。

——せっかく場を整えてあげたのに、もっとちゃんとやってよ！

期待していただけに腹立たしい。

内心、舌打ちしたい気持ちに駆られながらも、冷静に告げた。

「……別に彼女たちは友人でもなんでもないわ。あなたには分からないかもしれないけど、女には女の付き合いというものがあるのよ。友人だけをお茶会に招待しているようでは二流。今回の彼女たちは社交界に強い影響力を持つ人ばかりだったの。あなたには分からないでしょうけど」

敢えて二度、同じ言葉を告げた。

あの人選はわざとであることを強調したかったからだ。

アーノルドは嫌そうに顔を歪めると「そうですか」と温度のない声で言った。

「よく分かりました。それでは二度とその女同士の付き合いとやらに、私を巻き込まないで下さい。無為に時間を取られ、非常に不愉快でしたので」

「あら、そうだったの。それは悪かったわね。何せ気づいた時には彼女たちはいなかったものだから。てっきり帰ってしまったものだと思っていたわ」

「白々しい」

「ふふ、なんの話かしら」

私は関係ないという態《てい》を貫き、アーノルドから背を向ける。

「話がこれだけなら、私は部屋に戻るわ」

「ええ、終わりです。ああいえ、ひとつだけ」

「何？」

振り返る。アーノルドが目を細め、こちらをじっと見据えていた。

「ご期待に応えられなくて申し訳ありません。残念ながら、彼女たちは私の好みではなくて。ああいや、もちろん、あなたに比べれば、皆、素晴らしい淑女たちだとは思いますが」

「っ！」

私の思惑など分かっていると言わんばかりの物言いに、カッと頭に血が上りそうになる。

ダメだ。

ここで激昂《げっこう》すれば、彼の言葉を肯定するも同然。

冷静に対処しなければ。

「――何を言っているのか分からないわ。それと、彼女たちと私を比べることに意味はないと思うの。だって私はあなたに興味がないんだもの」

「ええ、そうでした。私としたことがうっかり。もしかして、私に浮気でもさせたいのかなと思ったものですから」

こちらを見つめる目が鋭い。

尻尾を出すわけにはいかないので、慎重に発言した。

「まさか。どこの世界に、夫に浮気して欲しいなんて思う妻がいるのかしら」

「今、目の前にいると思うのですけどね。まあいいでしょう。あなたが二度同じことをする愚か者とは思っていませんが、一応。……二度目はありませんよ」

廊下の気温がグッと下がった気がした。声音だけで脅してみせた男に平然と告げる。

「心当たりのない話をされても。部屋に戻るわね」

話を切り上げ、自室に戻る。

扉を閉め、内鍵を掛けた。

部屋に誰もいないのを確認し、顔を歪める。

「……ムカック！」

何が『二度同じことをする愚か者とは思っていません』だ。

思っているからこそ、釘を刺しに来たくせに。

というか、私の浅い考えなどお見通しという態度が終始ムカついた。

「あー、もう、腹が立つ！」

大人しく浮気してくれれば話はそれで済んだのに。

引っかかるどころか逆に「誰がこんな浅い罠《わな》に引っかかるか」と嘲笑いに来たのだから嫌になる。

しかし、あの感じでは浮気させるのは至難の業だろう。

離婚には別の手段を考えた方がよさそうだ。

「一番簡単な方法だと思ったんだけど」

離婚したいのは向こうも同じだろうが、自分側は悪くないということにしたいと思っているのも一緒なのだ。

だから、罠には引っかからない。

自分は慎重に動き、相手のミスを手ぐすね引いて待っている。

結局、どちらが襤褸《ぼろ》を出すか、どちらが悪者になるかの話なのだ。

「誰が悪者になるものですか……」

エスメラルダ公爵家に迷惑はかけない。

私は大手《おおで》を振って実家に帰りたいのだ。

「あーあ、ロードナイト公爵家のせいで！　私はなーんにも悪くないのに！」という感じで出戻りたい。だが今のままだとそれは難しそうだ。

「むむ……むむむ……」

悩んだところですぐに新しい手段が思いつくはずもない。

とりあえず『浮気をさせて離婚しよう作戦』は見事に失敗となった。

第三章　心変わり

作戦失敗から一週間後、私は久々に王城を訪れていた。

理由は、王女に呼び出されたから。

オリヴィア・ノリッシュ。

今年、十六歳となる、我が国ノリッシュ王国の第一王女である。

私が近衛騎士団に所属していた頃は、ほぼ専属で護衛の任に就いていた。

女騎士で、爵位もそれなり以上に高いというのはなかなかいないのだ。

会話をする機会も多いので自然と親しくなり、今では彼女から「友人」認定されている。

とても有り難いことだし、オリヴィア王女は話していて楽しい人なので、このまま付き合いが続けばいいなと思っている。

その彼女に「お茶をしよう」と呼び出されて王城へ上がったのだけれど、オリヴィア王女の部屋を訪ねると、早速彼女は目を輝かせて聞いてきた。

「ねえ！　結婚生活はどうなの!?」

「……開口一番、それですか。最悪ですよ。姫様もご存じのことだと思いますけど」

話題にしたくないのにと思いながらも答える。オリヴィア王女は申し訳なさそうに、でもどこか楽しそうに私を見た。

「それは……でも、ほら、実際に結婚すると色々違うかなって思うじゃない？」

期待に満ちた眼差《まなざ》しで見られても、思う通りの答えは返してあげられない。

「何も違いません。最悪だと思っていたら最悪だったなって感じです」

「もう！　ステラったら！」

オリヴィア王女が腰に手を当て、頬を膨らませる。

彼女の部屋はピンクと白で纏められており、可愛らしい雰囲気だ。

窓際にある一番お気に入りの白いテーブルセットにはアフタヌーンティーの準備がされてあった。

彼女はそこへ私を案内すると、座るように言った。

「まあいいわ。話は食べながら聞くから」

「話すことなんてもうないと思うんですけど」

「そんなわけないわよね。だって結婚よ！」

結婚に夢を持ちたいのは分かるが、頼むからそれを私に当てはめないで欲しい。

用意されたアフタヌーンティーのティースタンドには、メロンとマスカットのスイーツとセイヴォリーが並んでいた。

一番下の段には魚介のピクルスにサンドイッチ、一口サイズのハンバーガーに、ミニタルト。

二段目と三段目にはメロンとマスカットを使ったケーキやプリン、スコーンやマカロンがある。

どれもとても美味《おい》しそうだ。

マスカットはオリヴィア王女の好物なので、彼女が命じて城の料理長に作らせたのだろう。

シャンパンを軽く呷《あお》ってから、スイーツをいただく。

旬の果物を使っていることもあり、とても美味しい。

「ああ、美味しいですね」

「でしょ？　あなたもマスカットが好きだから、絶対に一緒に食べたかったの」

ニコニコと告げるオリヴィア王女の笑顔に、心が癒やされる。

こうしてふたりで過ごす時間は何ものにも代えがたいものだ。

だが、食べ始めて早々に、オリヴィア王女による質問攻めが始まった。

テーマはもちろん、私の結婚についてだ。

「あなたが結婚すると聞いた時は驚いたわ。しかも騎士団も辞めるっていうし。この数ヶ月、すごく寂しかったのよ」

「すみません。慣例的に女性は結婚すれば辞めるものなので」

私だって辞めたくなかったと思いながら頭を下げる。

本当に結婚なんて何もいいことがない。

溜息交じりに答えると、オリヴィア王女がワクワクした顔で聞いてきた。

「そうらしいわね。確かに、子を産むことを考えても仕方ないこととは思うけど……で？　本当のところはどうなのよ。アーノルドとの結婚生活。私、それが聞きたくって」

「いや、ですから最悪ですって言ったじゃないですか。姫様もエスメラルダ公爵家とロードナイト公爵家の確執はご存じでしょう？　結婚したからといってどうにかなる問題ではありませんよ」

「……やっぱりそうなのね」

残念、と溜息を吐くオリヴィア王女。

彼女ももちろん、エスメラルダとロードナイトの事情は知っていて、結婚と聞いた時、真っ先に心配してくれたのだ。

「お父様の考えも悪くはないと思うんだけど。実際、いつまでも二家に仲違《なかたが》いされていては困るわけだし。あなたたちのことが切っ掛けで仲良くなってくれればと考える気持ちはよく分かるの」

チラッとこちらを見る。

私は悪いなと思いながらも現状を正直に告白した。

「同じ家に住んでも、碌《ろく》に顔も合わさず会話もしない。そんな感じです」

「ああ〜、頑固。ステラから歩み寄ろうって気持ちはないの？」

「歩み寄る？　どこにそんな必要が？」

心底理解できなかったので、真顔で尋ねる。オリヴィア王女は「ダメだわ、これ」と項垂れた。

「相変わらず、ロードナイト公爵家が嫌いなのね。でもあなただってもう、ロードナイト公爵家の人間なのよ？　その辺りは分かってる？」

「必死に現実を見ないようにしているので大丈夫です」

「全然大丈夫じゃなかった」

私の答えを聞いて、オリヴィア王女が頭を抱える。

「結婚してもう三ヶ月以上が経つのにそんな感じなのね。えぇっと、アーノルドの方も同じなのかしら」

「はい」

「清々《すがすが》しいまでのはっきりとした返事をありがとう。平行線の結婚生活だってことがよく分かったわ」

「今は、相手が襤褸を出さないかお互い様子見している状態です。ほら、相手がミスしてくれたら、それを盾にとって離婚できますし。少なくとも私はそれを狙っています」

どうにか相手が原因で離婚したいと言うと、オリヴィア王女は残念なものを見る目で私を見た。

「……たぶん、アーノルドも同じことを思っているのよね？」

「さあ？　アーノルドの考えを聞いたことがありませんから断言できませんが、私が彼なら虎視《こし》眈々《たんたん》と相手がミスをするのを待つと思います。どちらも自分の家が大切なので、実家の名前に傷をつけたくないんですよ」

自分は悪くない感じでいきたいのである。

「浮気のひとつでもしてくれれば早いんですけどねえ」

溜息を吐きながら告げる。本当に、前回の作戦が成功していれば、今頃自由を謳歌《おうか》できていたというのに残念すぎた。

「……新婚なのに、配偶者の浮気を願うとか信じられないんだけど」

「そう言われても、愛はないので。命令通り結婚したわけですから、あとは一方的に向こうが悪い感じで離婚したいんですよ。それには浮気が手っ取り早いでしょう?」

「……ステラならその状況を自分で作り上げそうな気がしてきたわ」

「実はもうやりました。残念ながらアーノルドには通用しませんでしたけど」

「もうやったの⁉」

秘密にする必要性を感じなかったので正直に告げる。オリヴィア王女は「ここまで来ると逆に面白いと感じるようになってきたわ」と複雑そうに言った。

紅茶を飲みながら、私を見る。

「あなたの気持ちはよく分かったわ。お父様のしたことは、本当に余計なお世話だったってことよね。でも、せっかく結婚したのだもの。アーノルド自身に目を向けてみるのもいいんじゃないかしら」

「アーノルド自身に目を向ける?」

初めて耳にする言葉に眉を寄せる。オリヴィア王女の言っている言葉の意味が分からなかった。

「ほら、あなたってアーノルド個人ではなく、ロードナイト公爵家のアーノルドとして彼を見ているでしょう?」

「はい、それはまあ。でも、アーノルドも同じだと思いますよ?」

エスメラルダ公爵家のステラ。彼も私をそう見ているし、それの何が悪いのか分からない。

貴族たるもの、まずは『家』が来るのが当たり前。

それはオリヴィア王女も分かっているだろうに、わざわざ聞いてくるのが意味不明だった。

首を傾《かし》げる。オリヴィア王女は笑って言った。

「結婚が家同士でするものだというのは、もちろん理解しているわ。でも、長い人生を共に過ごすのだもの。彼自身にも目を向けてみてもいいのではと思ったの。家は嫌いでも、本人は嫌いじゃないってことはあると思うし」

「そうですかね……」

懐疑的ではあったが、王女の言葉を完全に否定するのも失礼なので、曖昧に頷く。

私の反応を見たオリヴィア王女が困ったような顔をした。

「あり得ないって顔ね。でも、心に留めておいて。そしてアーノルド自身を見て、彼がどんな人なのか、また私に教えてちょうだい。これは、次に会う時までの宿題よ」

「……また無理難題を。そもそも家庭内別居状態なので、顔を合わすことがほぼないんですってば」

「会えばいいじゃない」

「こちらからわざわざ会いに行くのはちょっと……。なんか負けたような気がして嫌なんですよね」

嫌々探しに行って『私に会いたかったんですか？　お生憎《あいにく》様。私は全く会いたくありません』なんて言われた日には『はあ？　こっちだって会いたくなんてなかったけど!?』と喧嘩腰になることは間違いない。

確信して告げると、オリヴィア王女は苦笑した。

「拗《こじ》らせてるわねえ」

「向こうも同じなので、私だけが拗らせているわけではありません」

「確かにそれはそうかも。でも、いいでしょ。これは私からのお願い。アーノルドを観察してみてよ」

「……全く気が進みませんけど。やっぱり嫌な奴だったって結論になったらどうするんですか」

「その時はその時でしょ。本人を見た上で『嫌いだった』は仕方ないと私も思うし」

「はあ……」

「報告、楽しみにしているわね」

上機嫌に言われたが、彼女が望むような報告はできる気がしない。

それでも相手は王女。「無理です」は言えないので「まあ、機会があれば」と最大限に譲歩した答えを返すことにした。

◇◇◇

アフタヌーンティーをいただき、おしゃべりを存分に楽しんだあと、王女の部屋を辞した。

彼女からは「また来てね」と言われ、それには私も「是非」と答えたのだけれど。

「アーノルドを観察するというのは……ねえ？」

王城の廊下を歩きながら呟く。

王女命令とはいえ、どうしてわざわざ嫌いな男を観察せねばならないのか。

いや、王族直々の命令を無下にできるはずもないのだけれど。

彼女の言い方は命令というよりお願いに近かったが、そもそも表立って逆らえるようなら、アーノルドと結婚する羽目になってはいない。

王族には可能な限り良い顔をしたいのが、エスメラルダ公爵家なのだ。

できる限り、彼女の望みに沿った行動を取らなければならないだろう。

「はー……、面倒極まりない」

避けたい相手と、わざわざ遭遇しなければならない理不尽さが心に堪《こた》える。

溜息が止まらないと思いながら歩いていると、少し先にある渡り廊下に、なんと、悩みの種となっている相手、アーノルドがいるのが見えた。

アーノルドは難しい顔をしながら、部下らしき男ふたりに指示を出している……ように見える。

「なんてタイムリーな……そうだ」

いつもの癖で、ついついUターンしかけたが、ハッと気づいた。

これはちょうどいい機会ではないか。

王女に言われた『アーノルド自身を見てみる』。この超絶難易度を誇るミッションを、ここでクリアしてしまえばいいのだ。

「……」

幸い、アーノルドは私に気づいていないようで、観察するのも簡単そうだ。

気配を殺し、彼らの声が聞こえるところまで近づいてみる。

ややあって、アーノルドの声が聞こえてきた。

「――全く、この話は三ヶ月以上前から何度もしていたはずですよ。それなのに準備ができていない？　何をふざけたことを言っているんですか」

「……なんの話かしら」

聞き耳を立てる。

どうやらアーノルドは、怒っているようだ。

「言ったはずです。早めに準備をしておけば、特に難しいことはないと。根回しも先にしておくようにと言いましたが、覚えていませんか？」

アーノルドが怖いのか、部下たちは萎縮している。縮こまり、蚊の鳴くような声で答えた。

「いえ……その、聞いていました。でも、忙しくて」

「忙しいのは、できなかったことの理由にはなりません。無理そうなら早めにその旨を上司である私に報告するべきでしょう。それもしないで、ギリギリになって『やっぱりできませんでした』は勤め人として失格ですよ。今まで何を学んできたんです」

「……すみません」

「それで？　期限は来週ですが、どこまでできているのですか？　まさか、全く手をつけていないなんて言いませんよね」

「……」

小さくなるふたりを見たアーノルドが信じられないという風に目を見開く。

「なるほど……」

独り言を言う。

「つまり、彼らはアーノルドに任せられた仕事を全くやっていなくて怒られてるってことなのね」

まあ、当たり前である。

勤め人でありながら、仕事をしないなど言語道断。

さすがにアーノルドが可哀想かなと思いながら、引き続き彼らを観察した。

アーノルドが不快げに眉を寄せる。

「何もしていないと言うのですか」

「……すみません」

「分かりました。もういいです」

冷え冷えとした声でアーノルドが告げた。

「無能だとは思っていましたが、まさかここまでとは思いませんでした。あとはこちらで引き受けます。あなた方は何もしなくて結構。いつも通り、自席で実のないおしゃべりに興じているが宜しい」

「……アーノルド様！　そ、その、私たちも手伝います！」

「手伝う？　元は己の仕事だというのに言うに事欠いて『手伝う』ですか」

焦ったように手伝いを申し出た部下たちだが、アーノルド相手には悪手だった。完全に見切りをつけたという顔で彼が言う。

「よく分かりました。二度とあなた方には期待しないことにしましょう。次の査定でうちの部署には席がなくなると思いますから、次の行き先を探すことをお勧めしますよ」

「そんな……！」

「無能はうちの部署には要りません。では、私は忙しいので。失礼」

「待って下さい！　アーノルド様！」

アーノルドが彼らから背を向ける。部下たちは必死に追いすがったが、アーノルドは足を止めなかった。

やがてアーノルドの姿が見えなくなる。

ふたりは悔しげに俯《うつむ》いていたが、そのうちのひとりがボソリと言った。

「なんだよ、あの言い方。そりゃあ、頼まれたことを忘れていた俺たちも悪かったかもしれないけどさ、あんな言い方はないだろ」

もうひとりも言った。

「無能だと思っていた、とかさ。それなら最初から俺たちに仕事を頼まなければよかったんじゃないのか？　有能な次期公爵様が最初からひとりでやればよかったんだよ」

「全くだ。こっちだって暇じゃないのに。忙しい中、頼まれ事のひとつやふたつ、忘れることだって普通、あるだろう？　それをさ」

「次の査定で、席はなくなります、とか言ってたけど、あれ、マジかな。あいつ、人事権まで持ってるのかよ。最悪。職権乱用だろ」

「……でも、実際、次の査定で今の部署を追い出されたらどうする？　次の当てなんてないぜ？」

「俺もだ……」

どよんと沈み込むふたりを見つめる。

一連の流れを見ていた私としては非常に複雑な心境だった。

だって私はアーノルドが嫌いだ。

気分的には、部下たちに同調して「アーノルドは最悪。分かる」とものすごく言いたい。

だけど、話を聞いてしまえば、それも難しかった。

何せアーノルドは間違ったことをしていない。悪いのは、部下たちだ。何ヶ月も前から頼まれていた仕事を放置していたくせに、いまだ自分ごとと考えていない彼らが絶対的に悪いのは、聞いていればよく分かった。

怒りたくなるのも無理はないし、私も自分の部下があんな調子だったら、教育的指導のひとつくらいはするだろう。

辛辣な物言いについてはどうかと思うが、決して間違ったことを言っていないし、部下たちの言っていることは逆恨みでしかなかった。

アーノルドの味方はしたくない。だが、彼が悪いとは思えない。

結論として『立ち聞きなんてしなければよかった。あいつ、ムカツク！』という訳の分からないことになっている。

「……本当、あいつ、ムカツクよな」

彼の部下たちが顔を歪め、告げる。

それについては私も同意しかなかったので大きく頷いておいた。

アーノルドはムカツク。全くその通りだ。

――姫様には悪いけど、結論は変わらないのよね。

観察した結果、やっぱりムカつきましたと報告するしかない。

どうしたって私はアーノルドが嫌いなのだ。

己の出した結論にうんうんと頷いていると、彼らのうちのひとりが励ますように言った。

「まあ、今は我慢しろ。言いたいように言わせておけ。だってもうすぐ出張だろう？」

「……そうだな」

もうひとりもニヤリと笑う。

何かを企《たくら》んでいるような笑い方が引っかかるが、そこまで気にしなかった。

目の上の瘤《こぶ》が出張で留守にするから、少しは羽を伸ばせるぜという意味かなと受け取ったからだ。

鬼のいぬ間になんとやら。

命の洗濯をしようという話だろう。

まあ、気持ちは分かるし、彼らの言う出張が事実なら、私も息抜きができる。

屋敷にアーノルドが戻ってこないということなのだから万々歳だ。

「久しぶりに、気分良く過ごせるってものよ」

顔を合わせなくても、同じ屋敷に住んでいるだけで不快なのだ。その彼が出張に出向くと聞き、気分が上がった。

「いつなのかしら、出張。楽しみだわ」

立ち聞きするのはやめにし、屋敷に戻ることにする。

そもそもアーノルドを観察するために立ち止まったのだ。彼がいなくなったのに、いつまでも盗み聞きする必要もなかった。

上機嫌で歩き出す。

まだアーノルドの部下たちは何か話しているようだったが、どうでもいい。

その日一日、私はご機嫌で過ごし、屋敷内で遭遇したアーノルドに「ニヤニヤして気持ち悪いですね」と厭味を言われ、最終的に気分を害した。

◇◇◇

アーノルドに出張があると知ってから二週間が経った。

どうやら今日がその出張らしい。彼はいつもより早く屋敷から出て行った。

「やったわ！　清々する！」

待ちに待ったひとりになれる日。笑顔だって零《こぼ》れるというものだ。

できれば屋敷でゆったり過ごしたかったが、今日はオリヴィア王女から呼び出しがかかっている。

のんびり羽を伸ばすのは屋敷に戻ったあとにしようと決め、城へ向かった。

◇◇◇

「で、どうだったの？」

王女の部屋に入ると、二週間前の焼き直しかと言いたくなる態度で彼女が私に聞いてきた。

『どうだった』というのは、もちろんアーノルドのことだろう。

途端、うんざりとした気分になった私にオリヴィア王女が茶目っ気たっぷりな顔で言う。

「宿題って言ったわよね？　ちゃんと観察したの？」

「一応、観察はしましたよ。一応ですけど」

答えながら、王女に勧められた椅子に座る。

王城の渡り廊下でアーノルドを見かけた時のことを思い出しながら言った。

「やっぱりムカツク、が結論です」

「えー……本当にちゃんと観察したの？」

「しましたって。口の悪い男だなあと思いました。私以外にも辛辣なんですね、あの男。もう少し言い方を考えればいいのに」

物は言いようという言葉を知らないのだろうか。

いくら間違っていなくとも厳しい言い方をしているだけでは、敵を作るだけだと思う。

だが、私の言葉にオリヴィア王女は首を傾げて否定した。

「え、そんなことないわよ。アーノルドって、そんなに冷たい人じゃないし」

「え？」

天変地異が起きたのかと思った。

何を言い出すのかとオリヴィア王女を見る。彼女は笑って言った。

「細やかな気配りができる人よ。私も何度か話したことはあるけど、いつも気を遣ってくれているなって感じるもの」

「それは……失礼ながら、オリヴィア様が王族だからではないですか？」

それ以外、あの男が気を遣うなんてあり得ない。そう思ったが、オリヴィア王女は「違うわ」と言った。

「基本的に優しい人だと思う。厳しいのはエスメラルダ公爵家と、あとは仕事のできない人たちに対してだけかしらね」

「……確かに私が観察した時、彼が話していたのは部下でしたけど」

うちと仕事のできない人たちを一緒にするなと不快に思いながらも告げる。

とはいえ、エスメラルダも似たような感じのことをしているのは分かっているので、口にはしないでおいた。

「どんな部下？」

「え？　えーと、確か頼まれた仕事ができていないとかで、アーノルドは『無能』だと断じていました」

その時のことを思い出しながら告げる。オリヴィア王女が大きく頷いた。

「彼が無能だと言うのなら、よほどだと思うわ。基本、できない人にも機会を与える人だもの」

「……ええ？　オリヴィア様が見たのって、本物のアーノルドですか？　偽者では？」

オリヴィア王女の、アーノルドに対する評価の高さに驚いた。

王女が手をヒラヒラさせながら言う。

「本物に決まってるでしょ。もう、せっかくアーノルドという人をステラにも分かってもらいたかったのに、ダメね。全然彼の本質が見えていないのだもの」

「本質……？　冷淡な厭味野郎ということですか？」

それしかないと思いながら答える。王女は眉を下げ「違うわ」と告げた。

「……優しくて真面目。そして有能な人ってことよ」

「は？　ハアア？」

訂正され、顔を歪める。

それは一体誰のことを言っているのか。てんで心当たりがなかった。

「残念ながら、私はそんなアーノルドを見たことがないもので。というか、そんなにアーノルドを高く評価しているのなら、オリヴィア様が彼と結婚すればよかったのでは？」

次期公爵に嫁ぐのなら、王女としては悪くない。そう思ったが、オリヴィア王女は否定した。

「ダメよ。私、アーノルドのことを恋愛対象として見ていないもの」

「それは私も同じなんですよね～」

分かる、と思いながら頷く。

アーノルドは恋愛対象にならない。その通りだ。

「ステラはもう結婚しているじゃない。諦めて、ちゃんと彼を見るべきだと思うわ」

「見た結果が『ムカツク』なんですけど？　ああ、アーノルドの奴、何か失態のひとつでもやらかしてくれないかしら。そうすれば私は大手を振って、離婚を突きつけることができるのに」

それが一番だと思いながら呟くと、王女が不思議そうに聞いてきた。

「アーノルドと正しく夫婦になるという選択肢はないの？」

「えっ……そんな選択肢、この世に存在しませんけど？」

「存在しないんだ」

「ないものについて語られても困りますね。あ、ほら、オリヴィア様が妙なことをおっしゃるから、腕に鳥肌が立ったじゃないですか」

見て下さいと腕を見せると、王女が複雑そうな顔で言った。

「……本当だわ」

「ね？　だからアーノルドは『ない』んですってば」

「……私、意外とステラとアーノルドは相性がいいんじゃないかって思っていたんだけど」

「気のせいですね、間違いなく」

断言する。

アーノルドと相性がいいなんて考えたくもなかったし、向こうだって嫌がるだろう。

頼むから恐ろしいことを言わないで欲しい。

「あーあ、なんかこう、アーノルドが良い感じに失脚してくれないかしら」

心から告げる。

オリヴィア王女は何か言いたげにしていたが、これ以上は無駄と悟ったのか、結局何も言わなかった。

◇◇◇

「それでは失礼します」

王女とのお茶会を終え、彼女の部屋を辞す。

なんとなくモヤモヤした気持ちがあった。

オリヴィア王女が言っていた「アーノルドが優しくて真面目。かつ有能」という話である。

正直、私には全く分からない。彼のそんな一面を見たことないのだから当然だ。

でも、なんだろう。

私が知らない面こそが彼の真実……みたいな言い方をされると、妙に気になるというか……そう、化けの皮を剝いでくれるわという気持ちになってくる。

「アーノルドが実は良い奴だなんてオチはないでしょ、さすがに」

冷淡な厭味野郎こそが彼の本質であり真実だ。

それこそ王女たちには真の自分の姿を隠しているだけ。そうに違いない。

自分に言い聞かせながら、王城の廊下を歩く。

以前、アーノルドと遭遇した渡り廊下までやってきた。そこにはふたりの男がいて、何やらこそこそと話している。

どこかで見たことのある顔だなと首を傾げ、彼らが二週間前にアーノルドに叱られていた人たちだと思い出した。

彼らはなんだか楽しげにしている。

アーノルドが出張に行ったのが嬉しいのだろうか。

その気持ちは分かるぞと思いながら彼らの側を通り過ぎる。偶然、彼らの会話内容が聞こえてきた。

「――いい気味だ。今頃アーノルドの奴、盗賊にでも襲われているんじゃないか?」

――え?

ピタリと足が止まる。

彼らは私には気づいていない様子で、興奮気味に話している。

「御者の買収が上手くいってよかったよな。出張のルートを変えさせて、わざと盗賊が多発している道を行かせる。間違いなく盗賊に襲われているはずだぜ。なんだったら殺されてるかもしれないな」

「ざまあみろ。俺たちのことを馬鹿にするから罰が当たったんだ」

「……」

目を見開く。

今しがた、聞こえた話が信じられなかったのだ。

彼らは日頃の恨みを晴らそうと、御者を買収して、アーノルドをわざと盗賊の出るルートへ誘導したと、そう告げた。

そして、もしかしたら殺されているかもと言ったのだ。

心底、嬉しそうに。

――は？

彼らが言ったことを理解したと思った瞬間、カッと頭に血が上ったのが自分でも分かった。

「なんですって？」

振り返り、笑いながら話していたアーノルドの部下たちに視線を向ける。

彼らは「え」という顔で私を見た。

ツカツカと歩み寄り、近くにいた方の男の胸ぐらを摑《つか》み上げる。

「今、なんて言ったのかって聞いているのよ。私の聞き間違いでなければ、アーノルドをわざと盗賊に襲わせたって言っていたようだけど……本当なのかしら」

我ながら怖い顔をしている自覚はあった。

彼らは私の勢いに吞《の》まれていたが、所詮は女と思ったのだろう。

罪悪感のまるでない顔で言った。

「それが？　だとしたらどうだって言うんだ。お前には関係のない話だろう。つーか、離せよ」

私から逃れようとする男だが、いくら男性といっても彼らは文官で私は元武官。

鍛え方が違うのだ。少々暴れられたところでビクともしない。

「それで逃げているつもり？　それとお生憎様、関係なら嫌になるくらいにあるから。私はステラ・エスメラルダ……いいえ、ロードナイト。あなたたちの大嫌いなアーノルドの妻よ」

死ぬほど名乗りたくなかったが仕方ない。

名前を告げると、彼らはギョッとしたように私を見た。

「えっ……ロードナイトって……」

「……三大公爵家の」

「ええ、その通りよ。アーノルドが憎いのは理解できる。あいつは本当に腹立たしい奴だから。でも、やり方が気に入らないのよ。自分の手を汚さず、しかも殺そうとする？　貴族の風上にも置けないわね。どこの家の者か知らないけど、プライドがないのかしら。そりゃあ、アーノルドに『無能』扱いだってされるはずよ」

「む、無能だと……？」

私の言葉にふたりは顔を真っ赤にして怒りを露《あら》わにした。でも私を知らないあたり、無能としか言いようがない。

「あなたたち、頭が高いわ。一体誰に向かってそんな態度を取っているのかしらね。言ったでしょう？　私は元エスメラルダで、今はロードナイトの家の者だって。同じ三大公爵家の人間でもない

くせに無礼が過ぎるのよ。私、優しい女じゃないから、失礼な態度を取る者は許さないわ」

「っ……！」

胸ぐらを摑んでいた男を地面に向かって放り投げる。

男は尻餅をつき、私を見た。もうひとりの男も何も言えないようで、ただ、目を見開いて私を見ている。

「目上に対する礼儀も知らない無礼者。跪きなさい」

「……」

「それともエスメラルダとロードナイトを敵に回したいの？　それは賢い選択とは言えないけど……ああ、もう敵に回したあとだったわね。何せ、アーノルドを亡き者にしようとしたわけなんだから」

くすりと笑うと、彼らはハッとしたように言い返してきた。

「ち、違う！　そんなつもりはなかった。ただちょっと怖い目に遭わせたかっただけで」

「殺されているかもとその口で言っていたのに？　まあ、いいわ。あなたたちの顔は覚えたから。――それとね、ひとついいことを教えてあげる」

ふたりの目の前に立ち、見下しながら告げる。

これだけは言っておかなければという気持ちでいっぱいだった。

「アーノルドはね、私の獲物なの。邪魔をするのは許さないわ」

相手が襤褸を出す瞬間を、虎視眈々と狙っている。

高笑いをして、離婚を突きつけてやるのだと決めている。

今はその戦いの最中。それなのに無能な連中に邪魔をされたのだ。しかも、盗賊を使って殺す？野蛮なことこの上ない。興ざめどころの騒ぎではなかった。

「ひっ……ひぃっ！」

私の怒気に恐れをなしたのか、男たちが逃げようとする。それを追いかけ、とっ捕まえた。

近くにいた警備の兵士を呼びつける。

「こいつらを尋問にかけて。アーノルド・ロードナイトを亡き者にしようとした疑いがあるわ」

男たちを引き渡す。騒ぎを聞きつけて集まってきた兵士たちの中に、知り合いの近衛騎士団員がいることに気づき、声をかけた。

「ねえ、ちょっと馬を借りるわよ」

「え、ステラ様？　どうしてここに」

退団したはずの私が登城していることに驚いたのか、騎士団員が目を見張る。そんな彼に告げた。

「理由なんてどうでもいいでしょ。このまま私の知らない場所でくたばられては困るもの。いいわよね？」

「は、はあ……なんの話か分かりませんけど、馬くらいなら別に」

「あ、ついでに剣も借りるわ。帰ってきたら返すから」

「え、ちょっと……！」

「いいわよね!?」

「……はい」

私の勢いに押され、騎士団員が頷く。

彼は私の二期後輩で、騎士団に所属していた時は、かなり目をかけていたのだ。

それもあってか、拒否はされなかった。

剣を借り受け、騎士団員の馬がいる厩舎《きゅうしゃ》へ駆け足で向かう。

馬を引き出すも、登城用の格好だったので、跨《また》がれない。だが、女性には横乗りという乗り方があるのだ。

「舐めないでよね。ドレス姿だから馬が乗れないなんて騎士の名折れよ」

横乗りで馬を走らせる。

目指すはもちろん、盗賊が蔓延《はびこ》っているという、アーノルドが連れて行かれた場所だ。

別にアーノルドを心配しているわけじゃない。

正直に言えば「自業自得だ。ざまあみろ」と思っている。

だって恨まれたのは自分のせい。もっと己の言動に気をつければこんなことにならなかったのだから。

でも、それ以上に許せないと思ったから。

いつミスを出してくれるかと手ぐすね引いて待っていた男が、自分以外の手でピンチに陥っていることが許せなかったのである。

「勝手にくたばるんじゃないわよ！」

私以外の罠にかかって死んで、それで結婚から解放されたところで何も嬉しくないのである。

全然勝った感じがしない。

馬を全力で走らせる。

男たちの言っていた盗賊が出る場所は、聞かなくても分かっていた。

何せ、近衛騎士団に所属していれば、その辺りの情報は自然と入ってくるので。

最近、盗賊がたむろしていると聞いていた場所は一箇所しかないから、そこを目指していた。

「見つけたっ……！」

馬を走らせ、三十分ほどして、目的地に辿《たど》り着いた。

そこは人里離れた場所で、馬車が一台、まさに今、盗賊に襲われているところだった。

馬車は横倒しになっている。盗賊たちは中を検分しようとしている最中で、私は大声で注意を引きつけた。

「あなたたち、何をしているの！」

「女⁉」

私に気づいた盗賊たちが眉を顰める。

先手必勝とばかりに剣を引き抜き、馬を操って盗賊たちを蹴散らした。

馬の足で盗賊を蹴り、襲ってきた者たちは剣で追い払う。多勢に無勢ではあるが、こういう状況は近衛騎士団に所属していた時にはよくあったのだ。

女ひとりに負けられないと盗賊たちも必死だったが、踏んできた場数が違う。

冷静に盗賊たちを倒していく。最後のひとりが地面に沈んだのを確認し、馬から下りた。

馬車に近づき、中を覗《のぞ》き込む。

「ん？」

アーノルドはいない。御者がひとり震えているだけだ。

彼は私に気づくと、助けが来たとばかりに顔を輝かせたが、こちらは知っているのだ。

この御者が買収に応じ、アーノルドをここまで連れてきた実行犯であることを。

だからか、思ったよりも冷たい声が出た。

「……アーノルドは？」

「え、あの……」

「アーノルドはどこ？　一緒に乗っていたはずでしょう？」

御者を問い詰める。私の剣幕が怖かったのか、御者は震えながらも口を開いた。

「あ、その……盗賊の頭と思われる人物に引き摺《ず》っていかれて……」

「はあ⁉」

なんだそれは。

カッと目を見開く私に、御者は更に怯《おび》えた声を出した。

「ひぃ！　あ、あの、あちら側に連れて行かれていました！」

泣きそうな顔で指を差す御者。

私は舌打ちし、彼が指さした方角を見た。

「あっちね。嘘《うそ》を吐いていたりしたら許さないから。あと、あなたが買収に応じたことも分かっているのよ。あとでお咎《とが》めがあると思うわ。逃げられると思わないことね」

言い捨て、馬に乗る。

御者を無視し、彼が指を差した方角に馬を走らせた。

五分ほど走る。道はなだらかな坂道となっていたが、先に崖が見えた。

崖には男がふたりいて、争い合っている。

ひとりはいかにも盗賊と言わんばかりの格好をした男。もうひとりは――アーノルドだ。

「見つけた」

ふたりに近づこうとする。次の瞬間、アーノルドが盗賊に崖に落とされるのが見えた。

「あっ！」

思わず声を上げてしまった。

よく見れば、落ちたと思ったアーノルドは、片手で必死に崖に摑まっている。

盗賊の男は形勢逆転とばかりにニヤニヤした顔で、崖の上からアーノルドを見下ろしていた。

「……」

黙って馬から下り、気配を殺して男の背後に立つ。

まだ男はこちらに気がついていない。私は腕を振り上げ、首筋に手刀を落とした。

「ぐっ……!?」

予想しなかったところからきた衝撃に、盗賊の男はグラリと倒れた。その横腹に今度は回し蹴りを叩き込む。

反撃する機会すら与えず、一息に攻撃し、その意識を狩った。

男が地面に倒れ伏す。完全に意識を失っているのを確認し、崖に近づいた。

アーノルドはまだ崖の端を摑み、なんとか落ちまいと頑張っていた。

そんな彼と目が合う。

アーノルドが驚いたように目を見張った。

「どうして――」

何故、私が今ここにいるのか理解できないとその顔が物語っていた。

今にも落ちそうだというのにずいぶんと余裕なことだ。

最初は怒っていた私だったが、アーノルドの間抜けな顔を見て、なんだか一周回って面白くなってきてしまった。

手をプルプルさせている彼に余裕ぶって告げる。

「助けてあげましょうか？」

「えっ……」

アーノルドが目を丸くしている。

そんなにも意外だろうか。いや、意外だろうな。

私がアーノルドを助けると言っているのだから。

「ほら、摑まりなさいよ」

アーノルドに手を差し出す。彼は崖を摑んでいない方の手で私の手をなんとか握った。

ぐっと力を入れる。

「引き上げるわよ」

「や、あの……でも、女性ひとりで私を引き上げるのは……」

今更すぎる話ではあるが、彼は私を見誤っている。

伊達《だて》に長く近衛騎士団に所属していたわけではないのだ。男性ひとりくらい引き上げられなくてどうする。

「ふっ……！」

「え、ええ⁉」

驚くアーノルドの身体を勢いよく引き上げる。アーノルドは重かったが、成人男性として考えれば軽い方だったので、問題なく助けることができた。

地面に這《は》いつくばりながら、アーノルドが呟く。

「えっ⁉　私を引き上げた？　本当に？」

自身が体験したというのに信じられない様子だ。

アーノルドはすっかり身体に力が入らないようで、なかなかに情けない姿だった。

「……ん？」

後ろで、人が動く気配がした。

それに気づいた瞬間、私は頭を下げ、後ろ向きに回し蹴りを放った。

「甘いっ……！」

どうやら盗賊の男が意識を取り戻し、今度は逆に私を攻撃しようとしたようだ。

徹底的に痛めつけてやったというのに丈夫なことだ。

後ろにふらついた男が剣を握って私を睨みつけてくる。私は笑い、同じく腰から剣を引き抜いた。

男が攻撃するより先に動く。剣を弾《はじ》き、鳩尾《みぞおち》に拳を入れた。

呻《うめ》き、身体を折ったところを狙い、追撃する。

今度こそ、完膚《かんぷ》なきまでに叩きのめした。

「ふんっ。その程度の技量で私の獲物を狙おうなんて十年早いわ」

完全に意識を失った男を蹴りつける。

そうしてアーノルドを振り返った。

「残りの盗賊も片付けたからこれで終わり。もう大丈夫って……え？」

何故かアーノルドがキラキラした目で私を見つめていた。

「ア、アーノルド？」

彼の頰は赤く染まり、目は熱く潤んでいる。

これまで侮蔑の視線しか向けられなかったので、あまりの違いに困惑しか感じなかった。

「あ、あの……？」

これは一体なんだ。

殺意マシマシの目で見られても鼻で笑える私が、アーノルドの煌《きら》めく瞳に動揺した。

未知への恐怖から、一歩後ろに下がる。

そんな私にアーノルドが言った。

「……惚《ほ》れました」

「へ」

――ホレタ？

言葉が言葉として頭に入ってこない。

頭の中がクエスチョンマークでいっぱいの私に、アーノルドが更に言う。

「今の盗賊を倒したあなた、すごく格好良かったです。あと、先ほど私に『助けてあげましょうか』と言ったあなたも。その、ときめきました。あなたはとても強い人だったのですね。素敵です」

「……は？」

あんぐりと口を開ける。

アーノルドは陶然とした表情で私を見ていた。まるで恋する乙女のような眼差しを向けられ、全身に鳥肌が立つ。

「い、いやあああああああ!!　何言ってるの、何言ってるの、何言ってるの！　あなた、頭おかしいいんじゃない!?」

とてもではないが、アーノルドが言う台詞とは思えない。

混乱する私を余所《よそ》に、アーノルドは立ち上がり、こちらに近寄ってくる。

私の手をギュッと握り、口を開いた。

「あなたがこんなに素敵な人だったなんて、不覚にも今まで全く気づきませんでした。きっとエスメラルダ公爵家という家名でしかあなたを見ていなかったからですよね。なんて愚かだったんでしょう、今までの私は。今、初めてあなたという人を見たような心地がします」

「ひ、ひぃ」

理解できないものを見た恐怖で、身体が震える。

アーノルドはうっとりと私を見つめていて、今までの彼とは百八十度違う態度に、理解が追いつかない。

ついにはとても正気とは思えないことを言い始めた。

「格好いいあなたが好きです。どうか私と一生添い遂げて下さい」

手を握る力が強くなる。

顔と声が真剣で、揶揄《からか》っているわけではないのは明白だ。

だが、それに「はい」だなんて言えるだろうか。少なくとも私は無理だし、立った鳥肌は治まらない。

愛《いと》おしいものを見る目で見つめられ、気が遠くなるかと思った。

顔を合わせれば厭味しか言わないのが私たちで、どちらも離婚のチャンスを狙っている。

それが私たちの正しい関係のはず。

それなのにアーノルドはうっとりと愛を語っているのだから恐怖しかなかった。

なんとかいつものアーノルドに戻ってもらいたい一心で告げる。

「わ、私に好きだなんて言ってどうするのよ。男勝りな女なんて、とか言うのがいつものあなたじゃないの⁉」

「まさか。愛しい女性にそんな暴言吐きませんよ。私、実は格好良くて強い女性が好きなんです。美しく強いあなたはまさに私の理想だ。エスメラルダの名に囚《とら》われて、今まで気づけなかったことが本当に悔やまれます」

「ひぃ、怖い」

すらすらと出てくる口説き文句の数々に口の端が引き攣《つ》る。

アーノルドを助けた時は「無能な部下の策略にはまるなんて情けないわね」と嘲笑ってやる気満々だったのに、今の私にそんな気力はなかった。

むしろ今すぐ逃げ出したい。

「ステラ、愛しています」

「ば、ばっかじゃないの‼」

紡がれた愛の言葉を反射的に否定する。

ノリと勢いで助けただけ。

アーノルドにつまらない罠にかかって死んで欲しくなかったから、そんなことでひとりに戻れてもすっきりした気分になれないから、だから助けただけなのに。

――こんなことなら助けるんじゃなかった！

後悔するも、もう遅い。

それから近衛騎士団が駆けつけてくるまで、私はアーノルドの愛の言葉に翻弄され続けたし、立った鳥肌は消えなかった。

第四章　恋

アーノルドを陥れようとした彼の部下たちには厳正な処分が下り、盗賊たちも捕まった。

あっという間にいつもの日々が戻ってくる……はずだったのだが、私に平穏は訪れなかった。

何故なら、アーノルドが恋の病とやらにかかってしまったからである。

それも私相手に。

初めて知ったが、アーノルドの好みは強い女性。

その好みに、たまたま私が合致してしまったのだ。

あの日、盗賊を蹴散らし、崖から彼を掬《すく》い上げた私に、アーノルドは今までにない胸の高鳴りを覚えたらしい。

一瞬で恋を自覚したアーノルドは、ここぞとばかりに愛を告白。

恐怖を感じた私は、顔を引き攣らせながら必死に拒絶したのだけれど、彼はそれで止まらなかった。

なんと、顔を合わせるたびに口説いてくるようになったのだ。

今までは屋敷内でも殆ど顔を見ることはなかったのに、あの日から、わざわざ私を探しに来る始末。

朝食の時間を合わせたり、一度だって言わなかった『行ってきます』を言いに来たりするようになった。

ものすごく迷惑だし、いい加減厭《あ》きて欲しい。

アーノルドには毒舌がお似合いなのだ。口説き文句とか甘い言葉なんて彼のイメージにはない。

今朝もアーノルドは絶好調。

朝食を食べるために食堂へ出てきた私に先制パンチを食らわせてくれた。

「おはようございます、愛しい人」

「ひぃっ！」

寝ぼけていたのが、完全に目が覚めた瞬間だった。

ギョッとする私にアーノルドが微笑みかけてくる。あの日から見るようになった柔らかい笑みだ。

今まで冷笑しか見たことのなかった私には、何か企んでいるようにしか思えない。

朝から嫌なものを見てしまったと思いながら、アーノルドに言った。

「あ、あのね、わざわざ朝食の時間を合わせないでくれる？　今までずっと別々だったでしょう？」

声が震える。

お願いだからひとりで過ごす楽しい朝食タイムを返して欲しい。そんな気持ちで告げると、彼はとんでもないと目を見張った。

「それはあなたという人を知らなかった愚かな過去の私が犯した罪。今の私は、一分一秒でもあなたと共にいたいと思っていますから」

「……そういうの、やめよう？　いい加減、厭きない？」

背筋が寒くなると思いながら告げるも、アーノルドはにこやかな笑みを崩さない。

「いいえ。ちっとも」

「私が好きとか、絶対に気の迷いだと思うの。だって今までが今までじゃない。そうでしょう？」

そうであってくれという気持ちを込めたが、アーノルドは否定した。

「いいえ。あの日、私は目が覚めたのです。今まで『エスメラルダ公爵家』という括《くく》りでしか見ていなかったあなたを、初めて正しく認識した。今の私に迷いはありません。あなたを愛していると本心から告げることができます」

「……本気で要らないんだけど。ねえ、本当にどうしちゃったの。私と一刻も早く離婚したかったのがアーノルドでしょう？」

今のアーノルドは、同じ顔をした別人だ。頼むから、私の知る元のアーノルドに戻って欲しい。

縋《すが》るようにアーノルドを見つめるも、彼は穏やかに反論した。

「いいえ。ですからそれは過去の話。今の私は一生あなたと添い遂げたいと思っていますよ」

「い、一生!?」

恐ろしい話に身が竦《すく》む。

アーノルドと一生一緒なんて絶対に嫌だった。

「夫婦とは生涯共にあるものでしょう？」

「そ、それはそうなんだけど……ええと、結婚する時に自分が言った言葉、もう忘れちゃったかしら。私のことを愛することはないって、そう言ったと思うんだけど」

「本当にあの頃の私は愚かとしか言いようがありません。あなたを傷つけるようなことを言った私をどうか許して下さい、愛しています」

「愛することはないって話は？」

「愚か者の戯言《ざれごと》です。本気に取ってもらっては困ります」

「嘘つき！　絶対本気だったくせに‼」

あっさりと前言撤回してくるアーノルドを睨みつけるも、彼はどこ吹く風で全くダメージを与えられてはいないようだ。

それどころか、私の隣の席に座り「愛しい人との朝食は、一日のやる気に繋がりますね」とかいけしゃあしゃあと言っている。

本当にやめて欲しい。私のやる気は、反比例して減りまくっているのだから。

げっそりしながら朝食を食べ終わる。

このあと、アーノルドは王城に出勤だ。

やれやれ、ようやく自由になれるとホッとしていると、今度は「行ってらっしゃい」を言えと強要された。

「気づいたんです。そういえば、あなたから一度も『行ってらっしゃい』を聞いたことがないなと」

「永遠に気づかなくてよかったと思うわ」

「言って下さい」

「嫌だけど⁉」

どうして新婚カップルさながらのやり取りをアーノルドとしなければならないのか。

「私たちは王命で結婚しただけの、離婚秒読み段階の仮面夫婦！　行ってらっしゃい、行ってきますのやり取りなんかしないのが当然でしょ⁉」

「私としては一日も早く、真実夫婦となりたいところですが。ああ、そうだ。いつか子供も欲しいですよね。あなたのように強い娘ができたらすごく嬉しいです」

「子供⁉」

照れながら言われ、頬が引き攣った。

アーノルドとの子供？　一体、この男は何を言っているのか。

私は力一杯、拒絶の意思をアーノルドに告げた。

「冗談でもやめて！　一生、そんな日は来ないから‼　もう！　早く仕事に行きなさいよ！」

「行ってらっしゃいと言ってくれないと嫌です」

「行ってらっしゃい、行ってらっしゃい、行ってらっしゃい‼」

行ってらっしゃいなんて言ってやるものかと思っていたが、恐怖が勝った。

泣きそうになりながらお望みの『行ってらっしゃい』を連呼する。

アーノルドは不満そうではあったが、私から望みの言葉を引き出せたことで良しとしたのか「行ってきます」と手を振り、登城していった。

「つ、疲れる……」

疲労のあまり、その場にしゃがみ込む。

酷く身体が重かった。

朝からすでに一日分の体力と精神力を使い果たした心地だ。

げっそりしていると、使用人たちが生温かい目で私を見ていることに気がついた。

大勢いるメイドのひとりに目を向ける。

「何？」

「いいえ。仲がおよろしくて結構だなと思いまして」

クスクスと好意的に笑うメイドに、ギョッとした。

「……仲が良い⁉　今のやり取りを見て⁉」

「はい。旦那様もとても嬉しそうでした。明日からも『行ってらっしゃい』と言ってあげて下さいね」

「……絶対嫌だけど？」

「またまた。ふふ、あとでお部屋にお茶をお持ちしますね」

皆、それぞれ解散し、各自持ち場へと戻っていく。非常に柔らかい、良い雰囲気だ。

この使用人たちの変化もアーノルドが私を『好き』と言い出してからだ。

それまでは最低限しか私に関わるまいとしていたのに、アーノルドに変化があってから、彼らもがらりと態度を変えた。

お客様扱いだったのが、まるで屋敷の女主人かのように私を遇するようになったのだ。

いや、立場としては屋敷の女主人で間違っていないのだけれど。

主人であるアーノルドの意向に添おうという気持ちは分かるが、あまりの変化に戸惑いを隠せない。

昨日までツンツンとした使用人が急に笑顔を向けてくるようになったら誰だって怖いだろう。

少なくとも私は怖いし、なんでこんな目に遭わなければならないのだと、毎日強いストレスに苛《さいな》まれている。

「うう……ううう……酷い……」

本当にこんなことになるのなら、アーノルドを助けるのではなかった。

ストレスが溜まるので庭に出て、鍛錬に励む。

身体を動かすことで、少しでもストレス発散しようと考えたのだ。

無心で剣を振るうと、気持ちが少しずつ落ち着いてくる。

ささくれだっていた感情が元に戻る頃には、昼食の時間となっていた。

午後は自室に籠もり、読書に励む。

本の世界に没頭しているとあっという間に時間は過ぎ、夕方となった。

「ただいま戻りました」

「……」

わざわざ人の部屋まで来て「ただいま」を言う男を見つめる。

思わず時計を確認した。

時間は夕方。まだ夕食にも早い。凄まじく早い帰宅だ。

「……早いわね」

「あなたに早く会いたくて」

照れくさそうに告げるアーノルドを胡乱《うろん》な目で見る。

以前までの彼は、早朝に登城し、夜遅くに帰ってくるのが普通だった。

それが、私を好きと言い出してから、明らかに生活スタイルが変わったのだ。

通常の時間帯に出勤して、定時……なんならそれより少し早めに帰ってくる。

「こんなに早く帰ってきて、仕事の方は大丈夫なの？」

「私を心配してくれているのですか？　ありがとうございます。幸いにも優秀なもので、余裕を持って帰ってくることができています」

「……あ、そ」

厭味を言ったつもりだったのに、笑顔で返されてしまった。

「皆も、私が早く帰ることをよく思ってくれているみたいで。陛下にも『良い傾向だ』と褒められました」

「……へえ」

「文句を言ってくるのは、エルドくらいでしょうか。毎度、突っかかってきて鬱陶しい」

「……お兄様が？」

アーノルドの言葉に反応した。

すっかり忘れていたが、私の兄とアーノルドは同じ職場なのだ。

そして兄も私と同じで、ロードナイト公爵家に関するもの全てが嫌い。更には私がアーノルドに嫁いだことで、より一層憎しみを燃やしているだろうから、彼に突っかかるのは当然だった。

「お兄様、お元気なのかしら」

「鬱陶しいくらいに元気ですよ。昨日も実に厭味ったらしく『お前が手をつけていなかった書類は私が片付けておいた。全く、無能な男が同僚にいると大変だ』とかなんとか言っていましたから。もちろん私も『提出書類にミスがありましたが、私が直しておきましたよ。全く、確認を怠らないで欲しいですね』と返しておきましたけど」

兄とのやり取りを嫌そうに語るアーノルドだったが、私はむしろ『私の知ってる厭味なアーノルドだ！』とちょっと嬉しかった。

全ての言葉を厭味で打ち返してくる男。それがアーノルドなのである。

兄には同情するが、愛の言葉を囁《ささや》かれるよりマシなので正直言って羨ましい。

「そう……ふたりは相変わらずなのね」

「あの男はとにかく腹立たしいというか……ああいえ、失礼しました。あなたの兄でしたね。全く、少しは妹を見習ってもらいたいものです。あの男と違って、こんなにも愛らしいというのに」

「あ、愛らしい？」

「ええ」

鳥肌が立った。

腕をさする私を余所に、ブツブツ言うアーノルド。

完全に、私と兄を分けて考えている。

少し前までは『エスメラルダ公爵家』の括りに入っていたはずなのに、どうやら私だけその括りから外したようだ。

これが恋の為《な》せるわざというものか。

頼むから、そんな特別扱いはしないで欲しい。

「……私もエスメラルダなのだけど」

「何を言いますか。あなたはもうロードナイト公爵家の人間。私の妻でしょう?」

「……そんな風に思っていなかったくせに」

「いつまでも過去に囚われるのはよくありませんよ」

「自分に都合の悪いことをなかったことにするのはどうかと思うわ」

溜息を吐き、話を終わらせる。

本当に、これまでが嘘のようにアーノルドと過ごす時間が増えていた。

私は望んでいないのに、何かと理由をつけて付き纏われるのが鬱陶しい。

アーノルドには悪いが、私は別に彼のことを好きとか思えないのだ。

私にとっては、アーノルドはやはりロードナイト公爵家の人間でしかなくて、自分の夫だなんて思えないし、今すぐにでも離婚したい。

アーノルドも私の気持ちは分かっているだろうに、絡んでくるのをやめなかった。

毎日、なんとか私との時間を確保し、突撃してくる。

しかし毎度部屋に訪ねてこられるのは迷惑だし、気づいてしまったのだ。傍目《はため》から見れば、まるで自分が彼を待っているかのように見えるのではないか、と。

来るのが分かっているのに部屋にいるのは、相手を待っていると捉えられても仕方ない。

「なんてこと……！」

思い当たった時には、衝撃すぎて身体が震えた。

そんな風に受け止められた日には、全私が泣く。

そういうことで、私はアーノルドを避けるべく、庭に出た。

決して彼を待ってはいないということを行動で示したのだ。

「そう。来るのが分かっていて待つなんて、愚かの極み。私は自由に行きたいところへ行くべきなんだわ」

自分に言い聞かせながら庭を歩く。

本邸ではなくとも、さすがは公爵家所有の別邸。

庭は綺麗《きれい》に手入れされていて、見所は多い。今は薔薇《ばら》が見頃を迎えていて、目を楽しませてくれた。

「いつも鍛錬しているだけで花にまで目を向けていないから、新鮮だわ」

これぞ正しい庭の使い方だな、なんて思いつつ、薔薇を見る。

薔薇は様々な色や種類があり、見ていて厭きない。

たまにはこういう時間も必要だなと思っていると、公爵邸から誰か出てくるのが見えた。

ものすごく嫌な予感がする。

「げ」

予感的中。

アーノルドである。

何故か彼は大きな花束を持ち、キョロキョロと庭を見回している。その目が私を捕らえた。

パアッと顔が明るくなったのが、遠目にも分かりうんざりする。

「うわ……」

アーノルドが足早にこちらへとやってくる。逃げたい気持ちはあったが、逃げたところでアーノルドは追ってくるだろうし、これは最近知ったことなのだけど、彼はとてもしつこいのだ。

相手をしなければするまで付き纏われる。

それを身をもって知っていたので、仕方なくその場で彼が来るのを待った。

「探しました。薔薇を見ていたんですか？」

周囲を見ながらアーノルドが聞いてくる。

「ええ。どこにいようと私の自由でしょう？」

「いつもは部屋にいるから、一瞬焦りましたよ。その……王城からの帰りに綺麗な花を売っているのを見かけまして。あなたに似合うと思い買ってきました」

どうぞ、と花束を差し出された。

白い薔薇の花束だ。実は私は薔薇の中でも一番白薔薇が好きで、偶然と分かっていたけど、ピンポイントで好みを当ててきたアーノルドに驚いた。

「……ありがとう」

要らない、と断ってもよかったが、花に罪はないし、白薔薇は本当に綺麗だった。

これを突き返すのは、罪悪感がある。

――花くらいならもらってもいいわよね。

アーノルドは嫌いだが、それとこれとは関係ない。

自分に言い聞かせながら、手を伸ばす。花びらの上に毛虫が乗っているのが見えた。

「あ、毛虫」

なんの気負いもなく告げる。

虫がいるなあ、くらいの感じだったのだけれど、それに何故かアーノルドが思いきり反応した。

「む、虫!?　ぎゃあああああ!!」

「え」

バッと持っていた花束を取り落とし、一瞬で十歩くらい後退する。

その顔には恐怖が貼りつけられていて、あまりにも予想外な行動と言動に私はポカンとした顔で彼を見た。

「は？」

「虫……！　毛虫‼　わ、私は虫が本当にダメで……！」

「……」

顔を青白くさせ、ブルブルと震えるアーノルドを見つめる。

ついで、落ちた花束を。

無言で拾い上げ、中にいた毛虫を指でつまんだ。

「ひぃっ‼」

あり得ないものを見た、みたいな声を出すのはやめて欲しい。

「嘘でしょ。こんなのが怖いの？」

「む、虫は存在自体がダメなのです！　特に足のないやつは本当に無理で……！」

顔を背け、必死にこちらを見ないようにしているが、足がガクガクに震えていて実に格好悪い。

——なんだかなあ。

私は半ば呆れながら、毛虫を土の上に逃がした。

「ほら、いなくなったわよ」

「……」

「毛虫はもういないって」

「……」

おそるおそるアーノルドがこちらを見る。

警戒しながらも近寄ってきた。

「もう、いません？」

「いない、いない」

「本当に？」

「しつこいわね」

恐怖のあまりか、何度も聞いてくる。たかが毛虫の一匹や二匹、何がそんなに怖いのかと呆れていると、アーノルドは大きく息を吐いた。

「よ、よかった……」

「……」

「ありがとうございます。私、本当に虫がダメで」

「みたいね」

反応が本気すぎて、揶揄う気にもならなかった。

世の中に虫嫌いが多いのは知っているが、まさかアーノルドもそうだったなんて。

ホッと胸を撫《な》で下ろしたアーノルドが、感謝の眼差しで私を見てくる。

「あなたは虫が平気なのですね」

「まあ、騎士団に所属しているとね。野営とかもあるし、虫が嫌いとか言っていたら務まらないから」

いちいち騒いでいたら、何もできない。

そう言うと、アーノルドは見覚えのあるキラキラとした目を向けてきた。

「素晴らしい。先ほどのあなたは本当に輝いていました。あの恐ろしくも醜い虫を淡々と片付けるあなたの背に後光が見えましたよ。私の恐怖をあっという間に取り払ってくれたあなた。やはり私にはあなたしかいません。愛しています」

「……虫を追い払っただけで英雄の如き扱いをされるのはちょっと」

「英雄ですよ。私にとってみれば。ああ、強く美しいだけでなく、私の苦手な虫すら平然と対処できるあなた。本当にあなたという人に出会えてよかった。あなたが私の妻であることに感謝します」

「……私、部屋に戻るわ」

これ以上、アーノルドの賛辞を聞いていたくなかった。

歩き出した私のあとを、アーノルドがついてくる。

堪《たま》らず、空を見上げた。

本当に、どうしてこんなことになったのだろう。

私はアーノルドの愛なんて欲しくなかったのに。

これでは彼と離婚したいという私の望みが遠ざかるばかりだ。

「辛い……」

白薔薇の花束の中に顔を埋める。

薔薇は美しかったが、なんだかとても握り潰したい心地になった。

◇◇◇

毛虫事件から三日後、私は王城を訪れていた。

アーノルドのことを誰かに聞いて欲しかったのだ。

色々限界で、何も気にせず愚痴りたかった。

そんな中、ちょうど王女からの呼び出しがあり、私は喜んで応じたというわけだった。

「姫様、聞いて下さい……」

部屋に招かれるや否や、早速泣き言が飛び出る。

私の情けない顔を見たオリヴィア王女が目を丸くした。

「まあ、ステラ。どうしたの？」

「私、もう限界です……」

もう駄目だと嘆く私をオリヴィア王女は好奇心いっぱいの顔でソファまで連れて行った。

隣に座り、背中を撫でながら「それで？」と聞いてくる。

「何があったの？　アーノルドのことよね？」

「はい……」

問われるままに、アーノルドのことを話していく。

盗賊からアーノルドを助けたら、何故か惚れられてしまったこと。

それ以来、毎日のように「好き」だと言われ、顔を合わせる時間が増加し、毛虫を除《よ》けただけで「あなたしかいない」などと言われたことなども語った。

俯き、両手で顔を覆う。

「私、もう限界で……まさかこんなことになるとは思ってもみなかったんです」

「アーノルドって、強い女が好きだったのね。でもそう考えれば、ステラって確かにアーノルドの好みど真ん中かも」

「え」

顔を上げる。気の毒そうな目が私を見ていた。

「ステラって強いだけでなく、すっごく美人だし。公爵家の出だから立ち居振る舞いも綺麗でしょう？　教養だってある。アーノルドからしたら、何故今まで気づかなかったって感じだったんでしょうね。実は理想が目の前にいたって感じで」

「そんなの要りませんよ。そもそも酷い話だと思いません？　私のことあんなに嫌がって、顔を合わせるたびに厭味三昧だったのに、手のひらを返したような態度。気持ち悪いですよ」

「ま、まあ……確かにそれは分かるけど」

アハハ、と乾いた笑いを零すオリヴィア王女。

私は溜息を吐きながら文句を言った。

「散々、こちらを貶《けな》しておきながら、実は好みでしたとか言われても『嬉しい』なんて思えません。もう少し私を見習って欲しいですよ。私はちゃんとアーノルドが嫌いなんですから」

「ちゃんとって……」

「虐めっ子が、あとで態度を変えたところで、虐められた方が許すことはないんです。それと同じですよ」

「いや、全然違うと思うけど。大体、ステラは虐められていないでしょ？　ガンガンにやり返していたじゃない」

「そりゃ、絶対に負けたくないですからね」

言われっぱなしで黙るなんて、エスメラルダ公爵家の名が廃るというもの。

そう告げると、オリヴィア王女は「徹底しているわねえ」と呆れたように言った。

じっと私を見つめてくる。

「オリヴィア様？」

「……でも、私は悪くないいんじゃないかって思うけど」

「なんの話です？」

話が読めないと思い尋ねる。彼女はにっこり笑って言った。

「アーノルドのことよ。だって、エスメラルダ公爵家という先入観でしか見ていなかったのに、ここにきてちゃんとあなた個人を見て、態度を変えたんでしょう？　それってものすごい成長だと思うわ」

「偶然ですよ」

盗賊に襲われる、なんてイレギュラーな事態が起こったからだ。あの出来事がなければ、今も彼は私を嫌っていたはず。それは断言できた。

「偶然でもなんでも、今までできなかったことができるようになるって素晴らしいことだと思うの。

あなたもその辺りは見習わなきゃね」

「え？」

どうして私？　首を傾げ、王女を見る。彼女は笑って告げた。

「だってあなたはまだアーノルドをロードナイト公爵家という括りでしか見ていないでしょう？」

「う」

咄嗟《とっさ》に王女の言葉を否定できなかった。

顔を歪める私に、オリヴィア王女が容赦なく告げる。

「言ったでしょう？　ちゃんとアーノルドを見てあげてって」

「……見ましたよ」

「そう？　私にはそうは思えなかったけど。だってあなたから聞くアーノルドは、彼の本質を捉えたものではなかったから。思い込みと先入観、あと、表面的な部分しか見ていないように思えたわ」

「……」

痛いところを突かれ、黙り込む。

確かに私はアーノルドを『ロードナイト公爵家の人間』という先入観を持って見ているし、それを前提に彼を評価していた。

なんとも複雑な気分だ。王女の言うことを否定できない。

黙った私を見たオリヴィア王女がにっこりと微笑む。

「その点、アーノルドは評価してもいいわ。ステラが強くて美しい女性だって気づいたのだもの。

ステラは私の大切なお友達。自慢の友人よ。その友人を正しく評価してくれるようになったのだから褒めてあげてもいいくらい」

「姫様……」

「あなたもちゃんと見てあげなきゃね」

何故か責められている気分になり、目を逸《そ》らす。

「別にアーノルドを嫌いでも構わないの。でも、向こうはちゃんとあなたを見ているんだから、あなたも同じようにするべきだって思うだけ。だってそんなの不公平じゃない」

「……不公平、ですか」

言い方が少しおかしくて笑うと、王女は大真面目に頷いた。

「ええ、そう。不公平。ねえ、ステラ。ちゃんとアーノルドを見てあげなさいよ。正しく彼を見た上で嫌いなら、私だってもう何も言わないわ。でも、今のあなたは違うから」

「……」

「私、あなたに幸せになってもらいたいの。だから一度、一切の偏見を取り払って彼と接してみて」

一生懸命な言葉に、頑《かたく》なな心が少し動いた気がした。

溜息を吐きながらも答える。

「……善処します」

私としては最大限に譲歩した気持ちだったが、オリヴィア王女は騙《だま》されてはくれなかった。

「それ、無理ですって意味よね？」

「……」

ついと視線を逸らした私を見て、オリヴィア王女が頭を抱える。

彼女には申し訳ないが、アーノルドとどうこうなる気はないのだ。

だから『彼自身を見る』なんて行動を取る必要はなかった。

◇◇◇

屋敷に戻った私は、馬車を降り溜息を吐いた。

「疲れたわ……」

いつもなら楽しいオリヴィア王女とのおしゃべりも、今日は疲労感でいっぱいだった。

結局、あのあともオリヴィア王女の「アーノルドをちゃんと見て」攻撃が続いたからだ。

途中で嫌になり「分かりました」とは答えたが、うんざりした気持ちの方が強かった。

もしかして、アーノルドから賄賂でももらっているのだろうか。

そんな勘繰りをしたくなるほどしつこかった。

「私としてはただ、愚痴を聞いて欲しかっただけなのに……」

アーノルドと向き合いましょう、なんて助言を聞きたいわけではないのだ。

王女の言動を思い出し、また溜息が出る。

どうして彼女があああも、アーノルドの味方をするのか理解できなかった。

「私と友人だと言って下さるのなら、私の味方をしてくれればいいのに」

「お帰りなさいませ、奥様」

馬車を降りた私を、複数の使用人たちが出迎えてくれた。

ちなみに、少し前まで彼らは私のことを『ステラ様』と呼んでいた。それがいつの間にか『奥様』である。

じわじわと外堀を埋められている感が半端なくてとても嫌だ。

彼らが開けてくれた扉を潜《くぐ》り、屋敷の中へ入る。

玄関ロビーには今、一番見たくない男の顔があった。

「うわ」

「お帰りなさい、ステラ。どこかに出かけていたんですか？」

にこやかに告げるのはアーノルドだ。どうやら彼の方が先に帰っていたらしい。

最近、本当に帰宅時間が早すぎる。これで本当に仕事ができているのかと疑いたくなるレベルだ。

「……オリヴィア様に呼ばれていたのよ。あなたも知っているでしょう？　近衛騎士団に所属していた時、私が彼女の護衛を務めていたこと」

「ええ、もちろん。なるほど。王城へ出かけていたのですね。それなら昨日のうちにでも教えてくれればよかったのに。登城は無理でも、帰宅時間を合わせることくらいならできましたよ」

「どうしてあなたと一緒に帰らなければならないのかという大問題があるわ。絶対にお断りね」

何故、嫌いな男と示し合わせて帰らなければならないのか。

眉根を寄せて、不快感を露わにする。

アーノルドは全く気にする様子もなく「話があるんです」と告げた。

「話？」

「ええ、折り入ってあなたにご相談がありまして」

神妙な顔つきになったアーノルドを見て「ほほう」と興味を抱く。

わざわざ話があるなんて言うくらいだ。何か問題でも起こったのかもしれない。

「あなたが全面的に悪いという態での離婚話なら、喜んで応じるけど」

「まさか。離婚なんてするはずないじゃないですか。デートのお誘いです」

「デート⁉」

離婚話をさらりと躱《かわ》されたと思ったら、その同じ口から『デート』なんて言葉が飛び出した。

あまりに攻撃力かつ、殺傷能力の高い言葉に戦《おのの》く。

アーノルドは少し顔を赤らめていて、それが更に気持ち悪かった。

「私たちは夫婦だというのに、これまでデートのひとつもしたことがなかったじゃないですか。それではいけないなと思い立ちまして」

「どうして思い立ってしまったの。永遠に、思いつかなくてよかった案件だわ」

「是非、あなたとデートしたいなと」

「却下」

考えるまでもなく断った。

何故、アーノルドとデートなどしなければならないのか。

「あなたとデートなんて死んでもお断りよ。行きたいのなら、別の女性でも誘えばどうかしら？　あなたの誘いなら大概の女性は応じてくれると思うわ」

「私がデートしたいのは、その他大勢ではなくあなたなので、他は興味ありません。ですが……そうですか。どうしてもデートしてはいただけません？」

「無理ね」

断言する。

いくら考慮しようが、無理なものは無理なのだ。

アーノルド側の気持ちが変わろうが、私の方は違うのだから、むしろそこそを考慮してもらいたい。

「デートなんて行かないわ」

もう一度きっぱりと告げる。アーノルドは残念そうな顔をして言った。

「そうですか。仕方ありませんね」

どうやら諦めてくれたようだ。

よかった。一度で諦めてくれる物分かりのいい男で本当に助かった。

「分かってくれたのならいいのよ。それじゃ、私は部屋に戻るから――」

「待って下さい」

これ以上話しかけないでと言おうとしたのを遮られる。足を止め、ムッとする私にアーノルドが言う。

「話は終わっていませんよ。この手は使いたくありませんでしたが、背に腹はかえられませんからね。ステラ、これを」

「……何よ」

アーノルドが一枚の紙を取り出し、私に見せてくる。

嫌な予感がすると思いながらも、その紙を受け取った。

何か文字が書いてある。

「ええと……『アーノルドとデートすること。オリヴィア・ノリッシュ』。……は⁉」

読み終わり、ギョッとした。

思わずもう一度、読み返してしまう。

短い文面は、何度読んでも変わらなかった。

アーノルドとデートに行けと書いてある。しかもオリヴィア王女の筆跡で。

「な、な、な、なんなのよ、これ！」

「はい。王族命令です」

「王族命令って！　オリヴィア様に何を書かせてるの‼」

あり得ない、とアーノルドを睨む。

アーノルドはにっこりと微笑んだ。その微笑みは、昔私に厭味を言っていた頃の彼を妙に彷彿とさせられる。

「アーノルド！」

「少し相談させていただいただけですよ。ステラと真の夫婦になりたいと思っているのですが、彼女はなかなかガードが堅くて、話も碌にしてくれないと。そうしたらオリヴィア様が気の毒がって、この文面を書いて下さったのです」

「姫様!!」

一体、何をしてくれているのか、あの王女様は。

ワナワナと震えていると、アーノルドがいけしゃあしゃあと言う。

「王女殿下と付き合いがあるのは、自分だけと思わない方がいいですよ。私もそれなりに話をさせていただく機会があります」

「知ってるわよ！」

むしろ王女本人から、聞いている。

だがまさか、そちら側から外堀を埋めてくるとか普通、思わないではないか。

王女の筆跡は、どう見ても本人のもので、無理やり書かされたという感じもなかった。

いや、今日の出来事を思い出せば、積極的にアーノルドに協力したという可能性の方が高そうだ。

何せ『アーノルドをちゃんと見ろ』としつこいくらいに言ってきていたし。

――もしかしなくても、同時進行でアーノルドから相談を受けていたとかそういう？

そして王女はアーノルドの味方をすると決めたと、そういうことだろうか。

そもそも王女は、私が結婚した時から、私とアーノルドが上手く行くことを願っている節があった。

そんな彼女がアーノルドから「ステラを好きになりました。協力して下さい」と言われたらどうするか。

絶対に協力するだろうという結論しかなかった。

「オリヴィア様……！」

先ほど話したばかりの王女の顔を思い浮かべる。すでにあの時、彼女はアーノルドにこの書面を渡していたわけだ。その上で「アーノルドを見て」と言っていた。

つまり彼女の望みは、アーノルドとデートをして彼を見てこいと、そういうこと。彼女の意図をようやく理解した私は泣きそうになった。

――そういうことなら、先に！　言って下さいよ！

予想しなかったところから刺された結果、瀕死《ひんし》の状態になっている。

いや、もちろん言われたところで反発しかしなかっただろうけど、でも、わざわざこんな文面をアーノルドに託すなんて。

「うあああああ……」

「変な声を出さないで下さいよ。それで？　どうします？　見ていただいた通り、王族からの正式な命令書となっていますが、デートしていただけます？」

どうします、とか言っているが、私に断る権利などないことは、彼が一番知っているはず。

だって王族命令。

単なるお願いなら断りもできようが、命令となると王族に良い格好をしたいエスメラルダ公爵家の人間が断れるはずないのである。

「……オリヴィア様まで使って。そこまでしてデートしようとか、恥ずかしくないの⁉」

オリヴィア王女には当たれないので、代わりにアーノルドに当たる。

涙目で睨みつけると、彼は目を瞬かせた。

「恥ずかしい？　何故です？　自分の使える手を使って何が悪いのか分かりませんね。あなたとデートするのならこれくらいの手は打たないと無理だと思ったから、行動したんです。間違っていなかったでしょう？」

自分の行動は正当なものだったと言い切るアーノルド。

私はもう一度オリヴィア王女の書いた命令書を読み、特大の溜息を吐いた。

「はああああああ」

「溜息を吐くと、幸せが逃げますよ？」

「誰のせいなのよ！　ああもう、すっごく不本意だけどオリヴィア様の命令だというのなら仕方ない。デートするわよ。それでいいんでしょ！」

自棄《やけ》っぱちになって叫ぶ。

アーノルドとデートなんて悪夢以外の何ものでもないが、こうなったら仕方ない。

腹を括るかと悲壮な決意を固めていると、アーノルドが上機嫌に言った。

「ありがとうございます。では日程は、後日調整するということで。あ、そういえば、来週の夜会なんですけど、当然あなたも出席しますよね？」

「は？」

——夜会？

そんなものあったかと眉を寄せる。だが、すぐに思い出した。

年に二度ほど、王家主催の夜会があるのだ。よほどの理由がない限り、貴族は参加することが義務づけられている。

「え、あ、ああ。もうそんな時期なのね……」

「ええ。そして私たちには、夫婦で参加することが求められています」

「そりゃ、そうよね……」

アーノルドの言葉を否定できなかった。

三大公爵家の次期当主が欠席などできるはずがないし、その妻も当然顔出しするべきだからだ。

「死ぬほど行きたくないけど……夜会は王家主催。陛下の顔に泥を塗るわけにはいかない。行くしかないわね」

アーノルドの妻として社交界に顔を出すなんて、不本意以外の何ものでもないが、仕方ない。

項垂れながらも頷くと、アーノルドが嬉しそうに言った。

「愛しい妻と夜会に出席できるなんて楽しみです。一応言っておきますけど、夜会では笑顔でいて下さいね。皆、私たちの関係を勘ぐってくるに決まってるんですから。精々、幸せな夫婦を演じて下さい。あ、私は演じるまでもなく幸せですけど」

「最後の言葉が余計なのよね。分かってるわよ、ちゃんとする」

エスメラルダ公爵家とロードナイト公爵家の仲が悪いことは皆が知っている事実。

その二家が婚姻を結んだのだ。どんな感じになっているのか、皆、興味津々のはず。

とはいえ、実態を見せてやる気なんてないし、国王命令で結婚した以上、国王の顔を立てるためにも、仲の良い夫婦であると皆に思わせる必要があった。

ただ、腹立たしいのは、私は演技しなければならないのに、アーノルドの方は素でいいという点だ。

「ずるいわよね」

私だけが大変ではないかと文句を言うと、アーノルドはにっこりと笑って言った。

「それならあなたも私を好きになればいい。それで万事解決です」

何も解決になっていない言動に、顔を歪める。

そんな日は来ないと言い切れるから、アーノルドの提案を私は鼻で笑って蹴飛ばした。

◇◇◇

日が経つのは早い。

あっという間に、王家主催の夜会が開かれる夜となった。

憂鬱な予定ほど早くやってくる気がするのは、気のせいではないはずだ。

私は見る角度によって色が変わるという生地を使ったドレスを着ていた。

これはアーノルドが用意したもので「夫が妻にドレスを贈るのは当然ですから」と言われ、受け取ったのだ。

本音を言えば「要らん」と拒否したかったが、ドレスは夜会では鉄板ネタ。

絶対に出所を聞かれるのだ。だから「夫から贈られて」と答えられるのは、夫婦仲が良好であるとアピールできて、むしろ有り難かった。

少し動くだけで、ドレスがキラキラと輝く。私がゴテゴテとしたデザインを嫌うと知っていたのか、スカートの膨らみは抑えていたし、大きなリボンなどもなかった。

細身のシルエットが美しい。悔しいが、アーノルドの贈ってくれたドレスは私の好みど真ん中だった。

「くっ……アーノルドのくせにセンスがいい」

鏡に映った自分を眺め、負け惜しみの言葉を紡ぐ。

変なドレスを着なくて済んだのは嬉しいが、素直に「素敵」とは言いたくないので、変な顔になってしまう。

「ステラ、用意はできましたか」

扉の向こう側からアーノルドの声が聞こえてくる。

「ええ、できたわ」

これ以上鏡を見ていても仕方ないので、扉を開け、外に出る。

盛装に身を包んだアーノルドが私を見て、目を見張った。

「……美しい」

「……その台詞は、皆の前で言ってちょうだい。今は私しかいないんだから要らないわ」

「いえ、あなたしかいないからこそ言いたいんです。今夜のあなたは誰よりも美しい。できれば、私以外の誰にも見せたくないくらいです」

「だから、今その台詞は求めていないのよね。行きましょう」

熱っぽくこちらを見つめるアーノルドを促し、歩き出す。

小さく溜息を吐いた。

――本当、調子が狂うからやめて欲しいのよね。

美しいだの、自分以外に見せたくないなど、以前のアーノルドなら絶対に言わなかったのに、今の彼は息をするように賛美の言葉を投げかけてくる。

それが冗談であればよかったのに、彼の顔を見れば本気で言っているのが分かるから、複雑な気持ちになるのである。

――でも、好きになっただけで、こうも変わるものなのかしら。

厭味ばかり言い、まともに私を見もしなかったアーノルドが、今は真っ直《す》ぐに私を見つめ、口説いてくる。

その変化には目を見張るものがあり、私はいまだ困惑しているのだ。

馬車に乗って王城へ向かう。

窓から外を眺めれば、多くの馬車が王城を目指しているのが見えた。

夜会の出席者たちだろう。

国内貴族のほぼ全員が集まるのだ。かなりの人数になる。

「……相変わらず多いわね」

ポツリと呟くと、隣に座っていたアーノルドが反応した。

「でも、だからこそ都合が良いとは思いませんか？　私たちの結婚式に参列できなかった者たちも来るのですから。今夜は皆に見せつけてやりましょう。私たちが如何に仲良し夫婦なのか。楽しみですね」

「私はすっかりうんざり気分だけど。あなたは楽しそうね」

「ええ。愛しい妻と堂々とイチャイチャできるわけですから。普段のあなたはつれなくて、手を握るのも許してはくれませんから」

「許すわけないでしょう。気持ち悪い」

ふんっと、顔を背ける。

私たちは、国王命令で結婚しただけの愛のない夫婦。

そのはずだったのに、アーノルドが私を好きになんてなるから、色々困ったことになっている。

一番の問題は、このままでは、アーノルドと離婚できないのではないかということ。

だってアーノルドは私と真実夫婦になりたいのだ。その彼が離婚に繋がるようなミスをするとは思えないし、私だってつけいられるような真似はしないと言い切れるから……つまり離婚のチャンスがないのである。

ずっとこのまま。

アーノルドと夫婦のまま、私は己の人生を生きていくのだろうか。

「……」

チラリとアーノルドを見る。

彼を見てもトキメキは感じない。やっぱりロードナイト公爵家はムカつくなとしか思えない。

いくら彼が好きと言おうが、態度をガラリと変えようが、私はアーノルドが嫌いなのだ。

それを確認し、息を吐く。

色々な意味で終わっているなと気がつき、気持ちが重くなった。

◇◇◇

「さあ、着きました。用意はいいですか？」

「ええ。腹も括ったもの。仲良し夫婦、全力で演じてやろうじゃない」

「それは頼もしい」

王城に着き、アーノルドの手を借り、タラップを降りる。

ここに来るまでの間に、覚悟は決めた。

色々悩みは尽きないけれど、まずは今夜をやり過ごす。

この夜会の間だけは、アーノルドとラブラブ夫婦なのだと自分に言い聞かせた。

「夫婦仲が悪いなんて思われたら、面倒だものね。陛下の面子《メンツ》にも関わる。手は抜かないわ」

アーノルドのエスコートで夜会会場となる城の大広間へ向かう。

途中、多くの人たちが私とアーノルドを見て来たが、柔らかな笑みを浮かべてやり過ごした。

夫婦らしく、できるだけ距離も近くする。

私たちを見て、ヒソヒソと話している者たちもいたが、きっと予想外に仲が良いと驚いているのだろう。頼むからそうであって欲しい。

まずは今夜の主催者でもある国王に挨拶に行く。

ノリッシュ王国の国王エニテス。まだ四十代の若々しい顔つきをした彼は、オリヴィア王女の父親でもあった。

私たちが顔を見せると、国王は笑顔を見せた。

「おお、お前たちか！」

「ご無沙汰しております、陛下」

「そうだな。結婚して初か？　どんな結婚生活なのか気にしていたのだが、夫婦仲は良好か？」

一応、嫌い合っている家同士の子供を結婚させたことを気にかけていたらしい。

国王の質問にはアーノルドが答えた。

「はい、とても仲良くしております。このような機会をいただけたこと、陛下には感謝しかありません」

「ほう？　恨まれているかと思っていたが」

「まさか！　私はステラという唯一無二の妻と結婚できてとても幸せです。何せ、彼女のことを愛していますので」

にこりと笑いながらこちらを見てくるアーノルドに、同じく笑顔を返しながら心の中で罵倒した。

——そこまで言わなくていい！

話に合わせる羽目になるこちらのことも少しは考えて欲しい。

心の中で舌打ちをしつつ、口を開く。

「私もアーノルドと出会えて幸せです。先入観を捨て、彼という人を知り、深く愛するようになりましたから」

「おお！　それは、お節介を焼いた甲斐があるというものだな。うんうん、仲良くしているのなら何よりだ。あとは、子ができたという報告を待っているぞ」

「っ……」

「はい、もちろんです」

さすがに頷けなかった私に代わり、アーノルドが返事をする。

チラリと国王の隣を見れば、オリヴィア王女が立っており、ニヤニヤとした顔で私を見ていた。

事情を全て知っている王女からしてみれば、今のやり取りは面白くて仕方ないのだろう。

さすがに大勢の人がいるところでいつものような話はできないので、黙って会釈するだけに留《とど》めておいた。

国王に挨拶を終えれば、次はダンスだ。

うちの国では、位の高い順にダンスを踊るというのが慣例としてある。

まずは王族が踊り、そのあとに三大公爵家が踊るのだ。

もちろん出席者には私の両親やロードナイト公爵夫妻もいて、見事なダンスを披露していた。

ダンスを終えた彼らは物言いたげに私たちを見てきた。ロードナイト公爵夫妻は鬱陶しげに、うちの両親は「分かっているだろうな」という顔で。

この「分かっているだろうな」は「人前では襤褸を出すな、上手くやれ」の意と分かっている私は、大きく頷いてみせた。

陛下のためにも仲良し夫婦を演じなければならないし、人前で喧嘩なんてした日には、他の出席者たちに笑われる。

エスメラルダ公爵家が笑われるようなことがあってはならないのだ。何があっても。

「さて、次は私たちの番ですよ」

「ええ」

気合いを入れ直し、アーノルドの手を取る。

音楽に合わせ、身体を動かす。流れている曲はテンポのゆったりとしたもので踊りやすい。

アーノルドがそれなりに踊れるのは知っているので、安心してダンスに専念する……と、妙にアーノルドと距離が近いような気がした。

「……アーノルド？　なんか近くない？」

彼にだけ聞こえるように言う。

普通にダンスをするより、密着度合いが高いと思ったのだ。

最初は気のせいかもと思ったが、身体をグッと引き寄せられれば、思い違いのはずもない。

眉を寄せる私に、アーノルドは柔らかな笑みを浮かべながら言った。

「そうですか？　夫婦ならこんなものだと思いますが」

「……夫婦にしても近いわよ。ちょっとやり過ぎだと思うわ」

恋人や夫婦が密着して踊ることは知っているが、それにしては近すぎる。

アーノルドの息や体温を間近で感じてしまうのが、ものすごくやりづらかった。

「もう少し離れてよ」

「嫌です。せっかくあなたといちゃつける絶好の機会なんですから、存分に堪能させて下さい」

「はあ？」

「ほら、嫌そうな顔をしないで。今日のあなたは笑顔でしょう？　夫が大好きという顔をして下さい。なんなら、胸に顔を寄せてもらっても構いませんよ」

「絶対嫌だけど？」

何を言っているんだという顔でアーノルドを見るも、彼は楽しげに笑っていて実に嬉しそうだ。

いまだ音楽は続いており、皆が私たちのダンスに注目している状況。

気持ち的には足を踏んでやりたいところだったが、さすがにそれはできないので、耐えるしかない。

「ぐっ……」

「おやおや、笑顔が強《こわ》ばっていますよ」

「誰のせいだと……」

「さあ？　少なくとも私は幸せですよ。皆にあなたを見せつけることができるのですから。それに、前は気づきませんでしたけど、あなたってすごく綺麗に踊るんですね。気を抜くと見惚れてしまいそうになります」

「……ああ、そう」

「ええ。本当に美しい。まるで妖精が華麗にステップを踏んでいるようだ」

「……」

うっとりとこちらを見つめられ、黙り込んだ。

相変わらず距離は近いし、曲は終わらない。端《はた》から見れば、私たちは見つめ合って踊っている、ラブラブ新婚夫婦で間違いないだろう。

それで正解なのに、なんだろう。全部グチャグチャにしてやりたい気持ちに駆られる。

——駄目駄目。エスメラルダ公爵家の名前に傷がついてしまうわ。

必死に言い聞かせ、なんとか一曲踊りきる。

皆、笑顔で拍手をしてくれたし、たぶん大成功だったと思うが、私の感想は「疲れた」しかなかった。

ダンスホールから離れる。無事、踊りきったことにホッとしていると、アーノルドがワイングラスを持ってきた。赤ワインが入っている。

侍従からもらってきたらしい。奥にある立食スペースには食事も用意されている。

「どうぞ」

「ありがとう」

素直に受け取り、ワインを飲む。

疲れた身体に酒精が染みた。少し小腹が空《す》いたので、立食スペースに移動する。アーノルドもついてきた。

「別についてこなくて構わないわよ。挨拶回りもあるでしょうし、行ってきたら？」

「大丈夫です。それに今夜の私は、新妻と一時も離れたくない夫ですから。あなたの側にいようかと思いまして」

「……そこまでしなくてもいいと思うけど」

「失礼しました。見栄を張ってしまいましたね。私が、あなたと一緒にいたいのです」

「……」

優しい笑顔で言われ、黙り込んだ。

周囲には私たちを窺っている者たちもいる。文句を言いたいところではあったが、グッと呑み込み「好きにしたら」と言う。

ビュッフェコーナーにはサラダやキッシュ、スコーンやパスタ、果物にチョコレートなど様々な食べ物が並べられていた。どれもとても美味しそうだ。

キッシュとサラダ、そしてチョコレートを取る。美味しく食べていると、アーノルドがツンツンと私の肩をつついた。

「何？」

「はい、あーん」

「ん⁇」

振り返ったタイミングで、口に何かを押し込まれた。思わず食べてしまったがこれは――。

「マスカット？」

「ええ、皮ごと食べられるみたいですよ。あなた、確かマスカットが好きでしたよね？」

「その通りだけど、よく知っていたわね」

私の好きな食べ物まで知っているとは思わなかったので驚きだ。

アーノルドは「好きな人のことですから」と照れたように言い、もう一粒、マスカットを手に取った。

「では、もうひとつ。あーん」

「や、やめてよ、恥ずかしい！」

さすがに二回目はやりたくない、というかさっきだって不意を突かれただけだ。

「ここまでする必要ある⁉」

「ありますよ。だってほら、すごく分かりやすい。私たちが仲良しだって誰でも理解できる行動だと思います」

「それは……」

「最小の行動で最大の効果を得る。あなたも承知の上でしょう？」

それとも違うのかという目で見られ、慌てて言った。

「も、もちろんよ」

夜会に出るからには、夫婦円満だというところを見せつける。そう覚悟してきたのだ。

アーノルドは満足げに頷くと私に言った。

「はい、そういうことです。なので、あーん」

「う……ぐぐ……あーん」

皆が私たちに注目している気がする。

凄まじい羞恥に晒《さら》されながら、私は顔を真っ赤にして口を開けた。

マスカットが口の中に放り込まれる。

咀嚼《そしゃく》したが、正直味なんて分からなかった。

「う、うう……恥ずかしい」

「これくらいで何を。次はこちらにお願いします」

「え？」

ギョッとし、アーノルドを見る。彼は「あーん」と口を開けた。

「食べさせ合いはイチャラブカップルの基本ですよ。ほら、ここは笑顔でひとつ」

「うぐ……うぐぐぐ……」

どうしてこんな恥ずかしい思いをせねばならないのか。

そしてアーノルドは恥ずかしくないのか。

周囲の視線をビシビシと感じる中、私は震える声で「あーん」と言った。

素直に口を開けるアーノルドに、マスカットを放り込む。

アーノルドが嬉しげに微笑んだ。

「ああ、美味しいですね。やはり愛しい妻に食べさせてもらうと、味わいが違う。ふふ、愛していますよ、ステラ。できれば今夜はあなたのことが食べたいですね」

「っ⁉」

大きく目を見開く。

何を言い出すのだと思ったが、今、ここで余計なことを言うわけにはいかなかった。

死に物狂いで話を合わせる。

「そ、そうね。でもそういう話はふたりきりの時にして欲しいわ」

精一杯、優しい口調で言ったつもりだが、恋人同士の会話に見えただろうか。

今すぐにでも逃げ出したくなる中、私はなんとかこの難局を乗り切った。

◇◇◇

「ようやくひとりになれたわ……」

恥ずかしい食べさせ合いが終わり、少し経った。アーノルドはロードナイト公爵夫妻に呼ばれ、席を外している。

私はといえば、もうすっかり疲れた心地になっていた。

ここまで身体を張ったのだ。皆、私たちを仲の良い夫婦だと思ったはず。

これ以上は勘弁してもらいたいし、そろそろ帰ってもいいのではと思っていると、男がひとり近寄ってきた。

アンドレア・ベリル。

披露宴の際にも話しかけてきた、同じ三大公爵家のひとつ、ベリル公爵家の跡取りである。

「ステラ」

「……何よ」

アンドレアが嬉しげに話しかけてくるが、私は彼を嫌いだし、そもそも疲れていて、猫を被り続けるにも限界があった。

結果としてとても冷たい声になってしまったが許して欲しい。

だって本当にしんどいのだ。今すぐベッドに入って寝たいくらいには疲れている。

私の側にやってきたアンドレアは、じっとりとした目つきで私を見てきた。

そうしてしみじみと言う。

「……意外と上手くやっているんだ。きっと破綻した結婚生活を送っているんだと思っていたから予想外だったよ」

「……お陰様で」

彼から視線を逸らす。

ねちっこい視線がどうにも不快だったのだ。

アンドレアが更ににじり寄ってくる。

「君のロードナイト公爵家嫌いは相当なものだと思っていたけどね。だから上手くいくはずないって。アーノルドを夫にして平気なのかい？」

「ええ、もちろん。彼を愛しているもの」

そんなわけないだろうと言いたい気持ちを押し隠し、告げる。

以前、アーノルドも彼に対し、本当のところを言わなかったが、それも今なら分かる気がした。

なんとなくだけど、彼に真実を伝えない方がいい。そんな風に思ったからだ。

この男に本当のところを話しても、碌なことにならない。

そう、本能が判断していた。

「不貞を疑われたくないの。これ以上近くに寄るのはやめてちょうだい」

肩と肩が触れ合う距離まで迫ってこられ、あまりの不快さに忠告した。

わざとらしくアンドレアが両手を挙げる。

「おっと失礼。そんなつもりはなかったんだ」

「別に構わないから、さっさと離れて。それで？　私に何か用事があって話しかけてきたんじゃなかったの？」

アンドレアを睨みつける。彼はヘラヘラと笑い「別に何もないよ」と告げた。

「君を見かけたから、声をかけたくなっただけ。……相変わらず君は綺麗だなってさ。でも、どうして君はアーノルドを選んだんだろう。僕にしておけばよかったのに」

「……恋とは分からないものなのよ」

アンドレアなんて絶対に嫌だという気持ちを押し隠し、告げる。

彼と結婚するくらいなら、アーノルドの方がまだ百倍マシだった。

人を虐めて平然とするような男の妻になりたいなんて誰が思うものか。

「恋、ね」

アンドレアがすっと目を細める。その仕草が、獲物を狙う蛇を思わせた。

「本当に、彼のことが好きなんだ」

「ええ。でなければ、仲の悪い家の男と結婚しようなんて思わないでしょう？」

「そりゃそうだね」

そうか、ともう一度呟き、アンドレアが私を見る。

そのタイミングでアーノルドが戻ってきた。

アンドレアに絡まれている私を見て、血相を変える。

「ステラ！　アンドレア、あなた、妻に何を言っていたんです」

「別に何も。ただ、僕にしておけばよかったのにって言っただけだよ。さ、旦那様もきたようだし、僕はこの辺りで退場するよ。また君と話せることを願ってる」

さらりと告げ、アンドレアは私たちから距離を取った。笑顔で手を振り、人混みの中に紛れていく。

それをなんとも言えない心地で見送った。

「……ステラ」

「何？」

返事をする。アーノルドが心配そうな顔で私を見ていた。

「アンドレアに何を言われたんです？　わざわざ私のいない時に話しかけてきたくらいです。何か用事があったのではないのですか？」

「それが何も。ただ声をかけたくなっただけって本人は言ってたけど」

「本当に？」

疑わしいという声だったが、嘘は吐いていない。

「さあ。あとは、あなたとのことを色々言われたわ。僕にしておけばよかったのに、とかね」

「ああ、本人も言っていましたね。それに、あなたはなんと答えたんです？」

「上手く誤魔化したわ。どう答えても面倒になると思ったから。本音を言うなら、もちろん絶対に嫌、だけどね。私、あいつ、嫌いだもの」

あり得ない、と断言する。

アーノルドも頷いた。

「ええ。私もあなたが彼の妻になるなんて考えたくもありません。愛しいあなたが、あんな男のものになるなんて、想像しただけで吐き気がする」

「想像しないでよ。私まで気持ち悪くなるじゃない」

うっかりアンドレアの隣でウエディングドレスを着る自分を想像してげっそりした。

アーノルドを睨み、文句を言う。

「……あなたが戻ってくるのが遅いから、絡まれちゃったでしょ」

「それは……すみません。その、両親がなかなか理解してくれなくて」

「理解？」

なんの話だと思い、首を傾げる。

アーノルドは私にだけ聞こえる声で言った。

「本気であなたのことが好きになったので、真実、妻として扱いたい、と願い出てきたのです」

「はあ⁉」

思わず声を上げてしまったが、私は悪くない。

「ちょっと、何を言ってるのよ」

「妻を正しく妻として扱いたい。別におかしな話ではありません。……私は嫌なのです。いつまでもあなたがロードナイト公爵家の人間として遇されないことが」

「……別にそんなの私は要らないんだけど」

私自身、自分をエスメラルダ公爵家の人間だと思っているし、ロードナイト公爵家の一員と認識されても困る。

だがアーノルドは首を横に振った。

「あなたには分からないかもしれません。ですが、好きな女性が不遇な扱いを受けていて、それを良しとできる男はいないんですよ。いつまでも別邸に追いやられているような今の状況を受け入れたくない。だから私は戦います。あなたを本邸に迎え入れられるように」

「いや、だから私は……」

そんなことしてもらう必要はない。

だがアーノルドは、今の状況が許せないらしく憤っていた。

「待っていて下さい。時間はかかるかもしれませんが、必ずあなたをロードナイト公爵家の一員として、私の妻として認めさせてみせますから」

「……ええと、だから、ね」

私は将来的に、アーノルドと離婚したいのだ。

だがいくら言ってもアーノルドは聞いてくれない。

絶対に両親を説得してみせると熱く告げるアーノルド。その声には力が籠もっており、私に対する深い愛が垣間《かいま》見えた。

それを普通は嬉しく思うものなのだろうけど、私としては泣きたい。だってそんなこと望んでない。

そしてどうやら大切な両親に直談判するくらいには、アーノルドは私を好きなのだと知り、頭を抱えたくなった。

――え、そんなに私のことが好きなの⁉

好きになったとは聞いていたが、まさかそれほどだとは思わず、焦ってしまった。

――これ、本当に離婚できるの？

私が離婚したいと言うたび、アーノルドは拒絶するが、それは私が思っていたよりも強いものだったのかもしれない。

改めて、離婚の難しさに気づいた私は「どうしよう、詰んでる」と呆然《ぼうぜん》と呟いた。

◇◇◇

結婚後、初のお目見えとなった夜会も無事、終わった。

しばらく出席しなければならない夜会はないし、のんびりできる。だがその前に、私には難関が待ち構えていた。

そう、アーノルドとのデートである。

オリヴィア王女の命令で、彼とデートすることになったのだけれど、その時とは違い、今はヒシヒシとやばさを感じていた。

だって思っていた以上に、アーノルドが私のことを好きだ。

その状況でデート。より惚れられる羽目になったらどうしたらいいのか。

「いや、さすがにそれは自惚れが過ぎる、か……」

デートしただけで更に惚れられるなんてさすがにないはず。

私も自分の行動には十分に気をつけるつもりだし、何事もなく終わるはずだ。

頼むからそうであってもらいたい。

そして訪れたデート当日。

私はすっきりとしたデザインのワンピースに身を包み、玄関ロビーに立っていた。

今日は日差しが強いと聞いているので鍔《つば》の広い帽子を被っている。

デートと分かっていて、格好に気を遣えば、楽しみにしていると受け取られるかもしれない。

だが、外出するのに妙な格好はできない。

三大公爵家は有名なのだ。

お忍びを装ったって顔を見られればバレるし、その際変な格好をしていたら悪い噂が立てられてしまう。それは絶対に避けねばならないことだった。

結果としてそれなりに気合いの入った服装をすることになったのだけれど、どうかアーノルドに誤解されないようにと祈るばかりだ。

「待たせてしまいましたか。すみません」

玄関ロビーで待っていると、二階からアーノルドが下りてきた。

細身のジャケットに長ズボンという出《い》で立ちだ。手に帽子を持っている。

「ちっ」

「……どうして舌打ちを?」

「似合っていてムカついたからよ。決まってるでしょ」

町歩きの格好はセンスを問われる。目立ちすぎず、かといって貧相になってもいけないので、わりと悩ましいところなのだ。

それを綺麗に決めているところにムカついたのである。心が狭いのは自覚済みだ。

「変な格好をしていたら笑ってやろうと思っていたのに」

「ロードナイト公爵家の人間が笑われるような真似、するはずがないでしょう。あなただって似たようなことを思ったから、綺麗な格好をしてくれているのではないのですか？」

「そ、それはそうだけど……」

ちゃんと私の格好の意図を理解してくれているのだと気づき、しどろもどろになった。

アーノルドは笑うと私に手を差し出してきた。

「それでは行きましょうか。初のデート。楽しみで、昨日はなかなか眠れませんでしたよ」

「子供じゃないんだから」

「それだけ楽しみだったということです」

アーノルドにエスコートされ、屋敷の外に出る。すでに馬車が待っていた。

公爵家所有の馬車で、中に乗り込むとゆっくりと走り出した。

隣に座るアーノルドに尋ねる。

「そういえば、今日はどこに行くつもりなの？」

デートをするという言葉に振り回され、どこに行くのかまで気にしていられなかったのだ。

今更ではあるが、目的地が気になり聞いてみると、アーノルドは「ようやく聞いてくれましたね」と若干呆れ声で言った。

「あなたが今日のデートに興味がないのは知っていましたが、まさかこの段階まで目的地を聞かれないとは思いませんでしたよ」

「デートという字面の強さに戦いていたものだから。それどころではなかったの」

「デート。良い響きではないですか。想《おも》い合う恋人たちが楽しく出かける、それがデート。最高ですよね」

「私たちに全く合っていないという事実を見て欲しいものだわ」

想い合ってもいないし、恋人でもないし、別に楽しくもない。

何せ、今日のデートはオリヴィア王女の命令によるものなので。

彼女の命令書がなければ、今日のデートは絶対に実現しなかったと確信をもって言えるのだ。

「一体、オリヴィア様は何を考えていらっしゃるのかしら」

「私たちが幸せになることを願っているとおっしゃっていましたよ」

「完全にアーノルドの味方をしておいて、その台詞はないわよね」

理解できないのだが、結婚してからずっと、オリヴィア王女はアーノルドの味方であるような発言ばかりしている。

私に対しても「彼自身を見て」と何度も言っているし、アーノルドに対する評価も高いようだった。

それはどうしてなのか、知りたいようで知りたくない。

ただ、オリヴィア王女がアーノルドを好きというのだけはないと分かっていた。

オリヴィア王女は自分の感情に正直な人なのだ。

アーノルドを好きならそう言う。黙っているなどあり得ないし、即時行動を起こす人なのだと知っている。

「で、どこに行くのかだけど」

話が脱線したなと思いながら、声をかける。アーノルドも気づいたのか「そうでしたね」と頷いた。

「美術館に行こうと思っています」

「美術館？　美術館って、王立美術館のこと？」

「はい」

首を縦に振るアーノルドを見つめる。

王立美術館は、二十年ほど前に国が建てた美術館だ。

主に貴族たちが寄贈した美術品が飾られていて、私も何度か行ったことがある……というか、エスメラルダ公爵家もかなりこの美術館に美術品を寄贈していて、その関係で訪れたのだ。

誰から寄贈されたかプレートに書かれるので、見栄の温床となっている。

「……今は、何か特集を組んでいたかしら」

美術館では年に何度か、テーマを決めて美術品の展示を行うのだ。

主に有名な画家や彫刻家の特集をすることが多い。

「今は、ネーリアン・ヘッセの限定公開を行っていますね」

「ネーリアン・ヘッセ。ああ、百年ほど前の画家よね」

人物画が有名な画家だ。

エスメラルダ公爵家でも多数の作品を所蔵していて、ギャラリーにも飾っている。

写実主義で、緻密《ちみつ》で正確な絵を描く画家だった。

「彼の絵は私も好きよ。彼に描いてもらった当時のエスメラルダ公爵家当主の絵があるのだけど、まるで生きているんじゃないかと思うくらい精密に描かれているの」

「ロードナイト公爵家にもあります。というか、今回の特集で、何点か絵を貸し出していまして」

「あら、そうなの」

アーノルドの言葉に頷く。

美術品は寄贈することも多いが、価値の高いものになると期間を決めて貸し出すこともあるのだ。

エスメラルダ公爵家でも何度か貸し出しを行っている。

「その関係で、会期中に一度顔を出さねばならなくて。ちょうどいいので、デートにどうかと思った次第です」

「なんだ。仕事を兼ねているのね。それならそう言ってくれたらよかったのに」

デートと言われたから、ものすごく構えてしまったのだ。

とはいえ、アーノルドが気を遣って美術館を選んでくれたのだろうなということは気づいていた。

デートだと身構える私のために、楽に過ごせるところを選択してくれたのだ。

正直、有り難いし、意外と気遣いができる男なのかなと思った。

「なんです？」

「なんでもないわ。ま、まあ、美術館なんてなかなか良い選択じゃない？　エスメラルダ公爵家も少し前に美術品を寄贈したし、一度どんな感じか見に行きたいとは思っていたもの。ちょうどいいわ」

少し照れくさかったが、気遣いが嬉しかったので、そんな風に告げる。

いつも文句しか言わない私が珍しく褒めたことが意外だったのだろうか。

アーノルドが目を丸くした。

「……珍しい」

「何よ、悪い？」

「いいえ。あなたに褒められるのは嬉しいと思っただけです。美術館を選んでよかった。実はオペラという選択肢もあったのですが」

「オペラ？」

「ええ。騒がしいのは苦手なので、そもそも芸術鑑賞しか選択肢になかったんですよ」

「確かに街中を歩くとか、あなたのイメージにないわね」

私はそういうのも好きだが、アーノルドは嫌いそうだ。

納得して頷く。

アーノルドも苦笑した。

「ええ。そういうのは苦手で。あなたは、得意そうですよね」

「そうね。町歩きも好きだし、馬で草原を駆けるのも好きよ」

「……残念ながら相容《あいい》れないようです。好きな人の好みに合わせたいのですが」

本当に残念そうに言うので笑ってしまった。

「アーノルドには無理よね。乗馬は？」

「できると思いますか？」

「それこそ紳士の嗜みだから」

「……嗜みという言葉がこれほど憎く聞こえることもありませんね」

どうやら乗馬は苦手らしい。

わりとなんでもそつなくこなすイメージのあるアーノルドが悔しそうな顔をするのが楽しい。

「ダメよ。好き嫌いなんて」

「やってみたのですよ。それで無理だと悟りました」

「馬上で風を受けて走るのは爽快なのに」

「きっと私がそれを知る日は来ないでしょう。断言できます」

真顔で告げるアーノルド。

不思議と会話をするのが楽しかった。

いつもは腹立たしいとしか思わないのに、気遣いをしてもらったことがそんなにも嬉しかったのだろうか。

私はそんな単純な女ではないはずなのだけれど。

――まあ、いいわ。

一緒に過ごさなければならないのなら、楽しい方がいい。

アーノルド相手で楽しいなんて変な話だけど、たまにはそういうのもいいのかな、なんて珍しく思った。

◇◇◇

王立美術館に着くと、すでにそこには大勢の人が並んでいた。

ネーリアン・ヘッセは有名すぎる画家だ。ひとめ作品を見たいという人たちが集まっているのだろう。

ノリッシュ王国の王立美術館は外国でも有名なので、外国人の姿も見えた。

「大盛況みたいね」

「ええ、素晴らしいことです。それでこそ作品を寄贈した甲斐があるというもの」

「全面的に同意するわ」

せっかく作品を寄贈したのだから、多くの人に見てもらいたい。

なんならこの素晴らしい作品を寄贈したのはエスメラルダ公爵家だと認知してもらいたいのだ。

そのために、貴重な作品を惜しげもなく寄贈しているのである。

「かなり並んでいるようだけど、どうするの？　関係者入り口から入る？」

さすがに一般人に紛れて並ぶ、なんてことはないだろう。

そもそもエスメラルダ公爵家もロードナイト公爵家も多くの作品を寄贈している関係で、関係者入り口から入ることができるのだ。

だからそちらを使うのかと思ったのだが、アーノルドは首を横に振った。

「いえ、普通に入り口から入りますよ。ただ、並びはしません。事前に連絡を入れていますので」

「そうなの？」

「ええ」

アーノルドの言葉を肯定するかのように、入り口からひとりの男性が走ってきた。

ふっくらとした体型の五十歳くらいの彼は、この美術館の館長だ。

当然私も面識がある。

「アーノルド様、お待たせしてしまいましたか！」

彼はアーノルドに頭を下げ、次に私を見た。

「ステラ様も、お久しぶりです」

「ええ、久しぶりね。去年、父が壺《つぼ》を寄贈して以来かしら」

有名な陶芸家が作った壺を寄贈したことを思い出し、告げる。館長が嬉しげに言った。

「はい。寄贈いただいた壺、すごく好評ですよ。ええと、それで、今回ですが」

「うちが貸し出ししたネーリアン・ヘッセの絵画を見ようと思いまして」

アーノルドの言葉に館長は頷いた。

「今回のネーリアン・ヘッセ特集の目玉のひとつですからね。是非、ご覧になって下さい。なかなか良い場所に展示してありますから」

「そうですか」

「以前、エスメラルダ公爵家から寄贈いただいた作品も展示しています。そちらも宜しければ」

「そうなの？　見てみるわね」

館長の案内で、館内に入る。どうやら彼自ら案内してくれるつもりのようだ。

道順に沿って見学していく。

久しぶりに来たからか、知っている作品も多かったが、初めて見るものもそれなりにあった。

寄贈者の名前を見れば、知っている人ばかりで、思わず笑ってしまった。

「良い作品が増えているわね」

「お陰様で。最近では外国からも寄贈の打診をいただいています」

「へえ」

館長と話しながら歩く。

アーノルドを見れば、ひとつひとつの作品を楽しんでいるようだった。

芸術鑑賞が好きだというのは嘘ではないらしい。

私も嫌いではないので、素直に美術品の鑑賞を楽しんだ。

「こちらがネーリアン・ヘッセの作品ばかりを集めたコーナーになっています」

半周くらい回ったくらいだろうか。館長が進路とは別の方向にある部屋を指し示した。

「特別展示用の部屋です。じっくり楽しんでいただきたいので、予約制にしてあります。ひと組辺り三十分の時間制限を設けておりますが、一応延長も可能です」

わざわざ予約制にするとはよほど人気なのだろう。

よく見れば、私たちの周囲にいる人たちは皆、チケットらしきものを持っていた。

「あれは？」

「予約表ですね。あ、アーノルド様とステラ様はこのままお入りいただけますよ。事前にご連絡いただいていたので、予《あらかじ》め予約しておきましたから」

そつなく中に案内してくれる館長。

なるほど。わざわざアーノルドが館長に事前連絡していたのは、このためだったのか。

行ってはみたものの、予約を取っていなかったでは格好がつかないし、目的のものも見られない。

「ありがとう」

「いえいえ、私は展示室の出口でお待ちしておりますので、おふたりでゆっくりとご覧になって下さい」

どうやら気を利かせてくれたらしい。

案内してくれた館長にお礼を言い、特別展示室へ入る。館長が言った通り、中は私たちの他には誰もいなかった。

ゆっくりネーリアン・ヘッセの世界を楽しんでもらいたいという館長の意図を感じる。

人物画が特に評価されるネーリアン・ヘッセだが、風景画もそれなりに有名だ。

風景画は彼が若い頃によく描いていて、地元の風景が多いのも特徴。

「ああ、これね。うちの家が寄贈したものは」

冬の風景が描かれた絵画を見つけ、呟く。確か、三年ほど前に、父が寄贈したものだ。

「ネーリアン・ヘッセ『冬の三景』シリーズのひとつですね。うちもこのシリーズを寄贈していたはずです」

「知っているわよ。というか、ロードナイト公爵家が寄贈したと聞いたから、父は寄贈を決めたのだもの」

ロードナイト公爵家に負けられないと、本当は手放したくなかったこの絵を父は寄贈したのだ。

そこまでしてロードナイト公爵家に張り合いたいのかと言われれば……答えはイエスだ。

アーノルドも気持ちが分かるのか、苦笑していた。

「それはそれは。ですがうちも似たようなものですよ。エスメラルダ公爵家が何か寄贈したと聞けば、目の色を変えてそれよりも稀少《きしょう》なものをと探すのですから」

「仕方ないわ。負けたくないのだもの」

そのためには、多少の犠牲は払わねばならない。

両親は常々そう言っていたし、実際、その通りに行動してきた。

ロードナイト公爵家だけに良い格好はさせないと、わりと必死なのである。

話を聞いたアーノルドがしみじみと頷く。

「うちも同じですね。エスメラルダ公爵家だけには負けないと常に思っているので」

「それ、ご両親だけでなく、あなたもでしょう？」

「もちろん。そしてステラもですよね」

「ええ、当然。そうやって育ってきたのだもの」

ロードナイト公爵家だけには負けるな。

それが我が家の教育方針なのだ。

それなのに、ロードナイト公爵家の人間と結婚することになるのだから、人生は分からないものだと思う。

いや、いまだに納得はしていないのだけれど。

今だってデートこそしているが、離婚を諦めたわけではないことは、分かっていてもらいたい。

どうしたってロードナイト公爵家の人間は嫌いなのだ。

「ああ、この絵ですね。うちが貸し出しを許可したのは」

「あら……」

アーノルドにつられるように、彼が見ているものに目をやる。

特別展示室の一番奥に飾られた絵は、三人の人物が描かれていた。

タイトルは『三大公爵』。

ネーリアン・ヘッセが生きていた百年前の当主たちである。

「これ……」

「実家の倉庫に長く眠っていたものです。今回、館長に是非にと言われ、貸し出しました。父は渋っていたのですけどね」

それはそうだろう。

大きなキャンバスに描かれた三人は、端から見ても仲が良さそうだった。

こんな絵を、ロードナイト公爵が世に出したいと思うはずがない。

「よく貸し出しなんて話になったわね。うちが所蔵していたら、絶対に貸さないと思うわ」

「エスメラルダ公爵家には出せない貴重な作品ということで、見栄が勝ったようです」

「……確かにこれ以上のネーリアン・ヘッセの絵となると、うちでは難しいと思うわ。……悔しいけど」

そういう理由なら納得だ。

そして今頃父はものすごく悔しがっているのだろうなと思った。たぶん、来週くらいには方向性を変えた珍しい品を出してくるはず。

ロードナイト公爵家にやられっぱなしなんて、エスメラルダ公爵家には許されないことなのだ。

「でも、よりによって百年前の当主とはね」

改めて飾られた絵画を見ながら呟く。

百年前といえば、エスメラルダ公爵家とロードナイト公爵家の確執の元となった『ロードナイト婚約破棄事件』。それが起きた年代だ。

事件の当事者は、この当主たちの子供たち。

この絵が描かれた頃はまだ仲が良かったようだから、直後くらいに事件が起こったのかなと邪推してしまった。

「……」

笑顔の当主たちの姿を見ていると、なんとも複雑な気持ちに駆られる。

彼らは百年もあとの子孫たちがいがみ合っているなど、思いもしなかっただろう。

これからも良い付き合いができると信じていたはずだ。

なんとなく、隣にいるアーノルドに目を向ける。

彼が何を思い、この絵を見ているのか気になったのだ。

食い入るように絵を眺めているアーノルドは、表情だけでは何を考えているのか分からない。

ただ、きっと彼もなんらかの思いを抱えているのだろう。

そんな風に思っていると、背後から気持ちの悪い声がした。

「やあ。奇遇だね」

「……アンドレア」

不快感を誘う特徴的な声に振り返れば、そこにはやはり、アンドレアが立っていた。

彼の後ろには館長がいて、申し訳なさそうに何度も頭を下げている。

それだけで、アンドレアが無理やり特別展示室に入ってきたのだと分かった。

「……どうしてあなたがここに？」

絵画鑑賞を邪魔されたアーノルドが眉を寄せ、不快感を露わにしながらアンドレアに問いかける。

アンドレアはアーノルドと似たような格好をしていたが、素敵だとはお世辞にも思えなかった。

館内だというのに帽子も脱がず、私たちを見ている。

「ちょっとね。ネーリアン・ヘッセの特集をしていると聞いたから気になって。実は僕は彼のファンなんだ」

「……そうですか。あと、今は私たちの予約時間のはずですが、どうして入ってきているのです？」

拒絶するような冷たい声でアーノルドが聞く。

アンドレアは「そんなこと？」と笑って言った。

「せっかくこの僕が来てやったというのに、予約がないと特別展示室に入れないなんて言うからさ。三大公爵家のひとつ、ベリル公爵家の次期当主である僕が拒否されるとかあり得ないだろう？　だから今入っている奴等《やつら》を追い出してやろうと思って来たってわけだ。そしたら」

「私たちがいたというわけですか。相変わらず最低ですね。自分のことしか考えていない」

「嫌だなあ、アーノルドくんてば。僕だって相手くらい選ぶよ。君たち相手にさすがに譲れなんて言わない」

ニヤニヤ笑いながら話す姿が相変わらず気持ち悪い。

彼と会話をするのが嫌で、アーノルドに任せていたが、何を思ったのかアンドレアが話しかけてきた。

「やあ、ステラ。今日の君も綺麗だね。また会えて嬉しいよ」

「お生憎様。私はちっとも嬉しくないわ」

舌打ちしたい気分で答える。

アンドレアは気持ち悪い笑みを浮かべていた。

「またまた。君はいつも素直じゃないね。ああ、それとも夫がいる前だから遠慮しているのかな」

「……心の底から嬉しくないと思っているのよ。それで？　今は私たちの予約時間なんだけど、出て行ってもらえるかしら」

「嫌だな。僕たちの仲じゃないか。一緒に楽しもうくらい言えないのかい？」

「言えないわね。……私たち、デート中なの。邪魔しないでもらえる？」

自分から『デート』と口にし、ダメージを受けたが堪える。

いくらアンドレアでもデート中の夫婦の邪魔をしたりはしないだろう。そう思ったのだが「ちょっとくらいいいじゃないか」と躱されてしまった。

「あのねえ」

「おや、この絵画は百年前の三大公爵家の当主たちが描かれたものじゃないか。この絵を見ていたのか？　なかなか酔狂だな」

「酔狂って……」

アンドレアは絵を見上げながら言った。

「酔狂だろう。だって百年前といえば、君たちの家が仲違いする決定的な出来事が起きた時代。その当主たちが描かれた絵を、よりによってエスメラルダ公爵家とロードナイト公爵家のふたりが見ているんだからさ」

「……」

黙り込む。

ちょうど同じことを考えていたこともあり、咄嗟に言い返せなかったのだ。

「彼らの子供たちが婚約し、何を思ったのか、その婚約を破棄した。アーノルドくん、君なら知っているんじゃないのかい？　どうしてロードナイトの息子がエスメラルダの娘に婚約破棄を突きつけたのか。もし知っているのなら、理由を教えて欲しいなあ。僕も前々から気になっていたんだ」

「……詳しい話まで聞かされていません。そして、もし知っていたとしてもあなたに教える義理はありませんね」

アーノルドが冷たく言い放つ。

私も彼の意見に賛成だった。

そもそもこの話にベリル公爵家は関係ない。

確かに、最終的にロードナイト公爵家の令息と結婚したのはベリル公爵家の令嬢だが、婚約破棄の話とは関係ないのだ。

「あなたには関係のない話よ。ずかずかと立ち入らないで」

思ったよりも冷たい声が出た。

アーノルドも似たような温度の声でアンドレアに言う。

「ええ、そうです。あなたには関係ない。これはロードナイト公爵家とエスメラルダ公爵家の問題です。軽々しく口にするのはやめてもらいたいですね」

「ええ？　全くの無関係ってわけでもないんだけどな。だって、僕のご先祖様はその公爵令息と結婚しているわけだし。――というかさ、よく考えなくても可哀想だよね、エスメラルダの令嬢って。想い合っていたはずなのに、恋人から訳も分からず突然婚約破棄されてさ。お陰で社交界であらぬ噂を立てられて、そりゃあ、体調だって崩すし、最終的に死んじゃったとしても仕方ないと思う」

「アンドレア！」

繊細な話を世間話のようにしないで欲しい。

この話をエスメラルダ公爵家は本当に悔しく思っているのだから。それは百年経とうが変わらない。

「それ以上、言わないでちょうだい」

「いいじゃないか、別に。皆、知ってることだし。世間的には、エスメラルダ公爵家に同情的だよね。ま、当たり前か。どう見たって可哀想なのはエスメラルダ公爵家の令嬢だよ。ロードナイト公爵家の方にも事情はあったみたいだけど頑なにその理由を明らかにしないんじゃ、同情なんてしてもらえない。だって『今後、そちらと付き合う気はない』とまで言ってきたんだろう？」

「アンドレア、いい加減に」

「それなのに君たちは結婚している。一体どういうことだろうね。今の君たちを見たら、きっとご先祖様は悲しむんじゃない？　特にエスメラルダ公爵家は絶対だと思う。子孫が憎らしいロードナイト公爵家の息子と結婚しているんじゃ、浮かばれないと思うな」

煽るように言われ、唇を噛みしめた。

そんなこと、言われるまでもなく私が一番思っている。

よりによってロードナイト公爵家の息子と結婚。

あり得ないし、許されない。

それでも結婚したのは、国王命令だったからだ。

「……」

「アンドレア。出て行って下さい。これ以上私たちを侮辱することは許しません」

堪らず俯いていると、アーノルドが私を庇《かば》うように前に出た。

アンドレアが「へえ」と馬鹿にした声を出す。

「ステラを庇うんだ。まあ？　愛しい妻って話みたいだから当然なのかな。でも、僕は侮辱なんてしていない。皆が知っている話をしただけ。どうしてそれで君たちが怒るのか、理解できないよ」

「理解できないのなら、それはそれで結構。ただ、私たちは、これ以上あなたの顔を見たくありません。帰って下さい」

毅然と告げるアーノルド。私も彼に同意するように頷いた。

アンドレアが面白くなさそうに言う。

「ふーん、別にいいけど。ま、偶然といえど、君たちに会えてよかったよ。またどこかで偶然会おうじゃないか」

「二度と会いたくありません」

「酷い男だな。アーノルドくんは。僕たちは親戚じゃないか」

「少なくとも私は、あなたと親戚だと思ったことは一度もありません」

キッパリと告げる。

アンドレアはムスッとした顔をしていたが、これ以上私たちを怒らせるのはさすがにまずいと思ったのだろう。

「仕方ないから退散することにするよ」と言い、特別展示室を出て行った。

◇◇◇

「本当に申し訳ありませんでした……！」

アンドレアが出て行ってすぐ、後ろでずっと様子を窺っていた館長が悲痛な声で謝罪を告げた。

相当アンドレアに無理難題を言われたのだろう。非常に疲れた顔をしている。

「予約の方がいるから、入ってもらっては困ると言ったのです。ですが」

「納得しなかったんでしょう。アンドレアはそういう男です」

アーノルドが渋い顔で言う。私も彼に同意した。

「ええ。逆らっても無駄……というか、余計に酷い目に遭うだけだから、入れて正解よ。私たちなら彼と渡り合うことはできるし気にしないで」

断ったところで、アンドレアが言うことを聞くとは思えない。

自分の思う通りに事が運ばないことが許せないのだ、アンドレアという男は。

なんなら、館長を酷い言葉で詰《なじ》った可能性だってある。それに気づき、声をかけた。

「大丈夫だった？　アンドレアは性根の腐った男だから、もしかしたらあなたにずいぶんと酷いことを言ったかもしれないけど」

「確かに。あの男なら十分あり得ます。特別展示室に入るのを止めようとするあなたに、彼は暴力を振るいませんでしたか？　それくらいは平気でする男です」

「い、いえ、それはありませんでしたが」

館長が否定する。

一瞬、アンドレアを庇っているのかと疑ったが、すぐにそれは違うなと気がついた。

「……彼のお父様とあなたは懇意にしているものね。父親に怒られたくないという気持ちが働いたのかもしれないわ」

ベリル公爵家もエスメラルダ公爵家やロードナイト公爵家と同様、多くの美術品を寄贈しているのだ。

その関係で、ベリル公爵と館長は面識がある。

アンドレアは我《わ》が儘《まま》かつ傲慢な男だが、父親には逆らわない。というか、明確に虐める人間を選んでいるのだ。父親と今後も付き合いがあると分かっている相手なら暴力を振るったりはしないだろう。実にアンドレアらしい。

「……そうですね。私もそう思います」

渋い顔でアーノルドも同意した。

嫌な空気が流れる。とてもではないが、美術品の鑑賞をする気分ではなくなってしまった。

館長に挨拶をし、今日はこれで退館する旨を告げる。

館長も察してくれたのか、引き留めはしなかった。

帰りの馬車の中、沈黙が降りる。

一応はデートという形で来たのに、アンドレアが登場したことで、すっかり嫌な気分だけが残ってしまった。それはアーノルドも感じていたのだろう。

沈黙を破り、話しかけてきた。

「ステラ」

「……何？」

返事をする。彼は私の顔を見て言った。

「よければカフェでお茶でもしていきませんか？　このまま帰るというのもあまりに気分が悪くて」

「……いいわ」

普段の私なら「どうしてアーノルドと外でお茶なんてしないといけないの」と眉をつり上げただろうが、今日はそんな気にもならなかった。……というか、嫌な気分を多少でも払拭したかったというのが強かったのだ。

どこかで気分をリセットしてから帰りたい。そう思っていたから、むしろアーノルドの提案は渡りに船だった。

「付き合ってあげる。でも、どこのカフェに行くつもりなの？」

町歩きに興味のないアーノルドが知っているとは思えず言った言葉だったが、彼は笑って言った。

「大通りから少し離れた場所にあるカフェです。静かな雰囲気で、仕事で出張があった帰りにはいつも寄ることにしています」

「へえ」

「あまり認知されていない隠れ家的《が》なカフェなので、並ぶ必要もありませんよ」

アーノルド行きつけのカフェということか。

私は明るい雰囲気の、大通り沿いに面した大きなカフェに行くことが多いので、隠れ家的なカフェは新鮮かもしれない。

「楽しみだわ」

お世辞ではなくそう言うと、彼は「きっと喜んでいただけると思います」と自信ありげに頷いた。

◇◇◇

馬車が停《と》まったのは、アーノルドが言った通り、大通り沿いから少し離れた場所だった。

店の前に停まったのかなと思ったが、どうも違うようだ。

彼は私を連れて、細い路地を歩き始めた。

「ちょ、ちょっと、どこに行くのよ」

「今から案内するカフェは、この路地を通り抜けなければ行けないんです。どうしたって馬車は通れないので、歩きになるのは申し訳ありませんが」

「歩くのは構わないわよ。そうじゃなくて……え？　この奥にカフェがあるの？」

路地は細いだけではなく、薄暗い。

こんな場所を通らなければ辿り着けないカフェ。それは客も少ないだろう。

一体どんな店に案内されるのかと、内心戦々恐々としていたが、路地を抜けた先にあったカフェらしき店を見てホッとした。

小さな店だ。

古い一軒家をカフェに改装しているのだろう。

歴史を感じさせる佇《たたず》まいだが、手入れは行き届いている。

おそらく一階が店舗で二階が自宅。扉には『営業中』の札が掛かっている。

「カフェの名前もないみたいだけど……」

看板が見あたらないなとキョロキョロしていると、アーノルドが苦笑した。

「去年、台風が来たおりに飛ばされたとのことです。ギリギリでやりくりしているので、いまだ直せないのだと」

「えっ……そんなに経営状態が悪いの？　……常連なんでしょう？　支援してあげなさいよ」

自分が推す店を支援するのは、貴族ならよくやることだ。

アーノルドもそれは分かっているだろうに、どうしてやらないのかと疑問に思っていると、彼は首を横に振った。

「申し出ましたよ。ですが断られまして。支援なんて受けてしまえば、私のことをただの客だと思えなくなるそうです。それは嫌だと言われてしまえば、それ以上強くは言えませんでした」

「……頑固系か。気にしなくていいのに。アーノルドの財布なんて空っぽにしてやればいいのよ」

半ば本気で告げる。アーノルドが噴き出した。

「そういう人ならよかったんですけどね。さ、入りますよ」

アーノルドが扉を開ける。

カランと乾いた音が鳴った。店内に足を踏み入れる。

イメージ通り、中もあまり広くなかった。

カウンター席と、四人がけのソファ席が三つ。

客らしき人物はいなかった。カウンターに気難しそうな老人が立っている。きっと彼が店主だろう。

モノクルを掛けた店主は、枯れたような体型だったが、しゃんと背筋を伸ばしていた。

黒いエプロンを身につけている。

彼はアーノルドに気がつくと、ムッとした表情を少し緩めた。

「おお、お前さんか」

「ご無沙汰しております」

アーノルドが頭を下げる。店主は彼の後ろにいる私に気がつくと、目を丸くした。

「なんだ、珍しい。女連れか」

「実は結婚しまして。今日は妻を連れてきました」

「ほう！」

店主が興味津々という顔をする。だが、不思議と不快な気分にはならなかった。

私もアーノルドに倣い、頭を下げる。

店主がアーノルドに言った。

「どうせ客なんてお前さんたち以外いないんだ。好きな席に座るといい」

「ありがとうございます。それではお言葉に甘えまして。ステラ、そちらのソファ席にしましょうか」

「ええ」

席に拘《こだわ》りはなかったので頷いた。

えんじ色のソファは使い古されたものだったが、清潔感はあった。店内も同じだ。古いが清掃が行き届いている。

「注文は？」

店主がメニュー表を差し出しながら聞いてくる。

それを開くと、アーノルドが言った。

「この店は珈琲《コーヒー》がおすすめですよ。店主のオリジナルブレンドは癖になります」

「へえ、じゃあそれで」

「軽食は？」

「……そうね。アップルパイをもらおうかしら」

珈琲だけで居座るのも申し訳ないかと、メニュー表に記載されていたアップルパイを注文した。

アーノルドはシフォンケーキと珈琲を頼んでいる。

「シフォンケーキ？　好きなの？」

「普段は食べませんがここのは好きなので。アップルパイもおすすめなので、良い選択をしたと思いますよ」

「へえ」

一瞬、それなら先に教えてくれれと思ったが、アーノルドの言葉を聞いて溜飲《りゅういん》を下げた。

アップルパイもおすすめ。それならまあ……いいだろう。

注文を受けた店主がカウンターの中に入り、手際良く準備を始める。

しばらくして豆を挽《ひ》く音が聞こえ、良い香りが漂ってきた。すごく薫り高い。

「わ、良い匂い」

「そうでしょう。普段はカウンター席で、店主が珈琲を淹れる姿を楽しんでいます。ゆったりとした時間が流れて、好きなんですよ。あまり知られていないのが残念ですが、行列ができたらできたで、今度は客が寄りつかなくなるでしょうし、難しいところですね」

「お前さんのような常連がいなくなってまで、流行《はや》りたいとは思わないね」

アーノルドの言葉に店主が反応する。

ちょっと偏屈っぽいが良い人そうなのはよく分かった。

珈琲の香りと、コポコポいう音が聞こえる。それが妙に気持ちを落ち着かせた。

アンドレアのことで苛立っていた心が癒やされていく。

「……いいわね、ここ」

アーノルドを褒めるのは癪だが、良いものは良いし、良いものをくさすのは間違っている。

素直に賞賛すると、アーノルドは嬉しげに微笑んだ。

「そう言っていただけて嬉しいです。ですが、その言葉は珈琲を飲んだあとにも聞かせて欲しいですね」

「あなた、オーナーか何かなの？　どうして店側の立場で発言してるのよ」

「いえ、その……自分が好きな店を褒められるのが嬉しくて、つい」

ほんのりと頬を染めるアーノルド。

どうやら自分でも気づいていなかったようだ。

しばらくして店主がアップルパイとシフォンケーキ、そして珈琲を運んでくる。

アップルパイにはアイスクリームが添えてあった。

とても美味しそうだ。

「いただきます」

珈琲も気になるが、アイスクリームが溶けることの方が気になったので、まずはアップルパイに手をつける。

アップルパイは生地がサクッとしていてとても美味しかった。

中の林檎《りんご》も、甘さが絶妙だ。甘すぎるアップルパイは好きではないので、嬉しい。

しかも焼きたてなのか、生地が温かい。

確かにおすすめだと言われるだけのことはあると思った。

「美味しいわ」

「そうでしょう。ちなみにそのアップルパイは店主の手作りです」

「そうなの!?　どこから仕入れたとかじゃないのね」

「この店の商品は全て店主が作っているんですよ。このシフォンケーキも……ああ、相変わらずしっとりとして美味しい。生クリームの味わいが好きなんですよね」

相好《そうごう》を崩すアーノルド。

あまりに美味しそうな顔をするので、私もシフォンケーキを食べたくなってきた。

シフォンケーキは中がココアスポンジになっている。見た目も綺麗で、これを店主の老人がひとりで作ったとは思えなかった。

「すごいわね」

「でしょう?」

どこか自慢げなアーノルドだが、腹は立たなかった。

次はと、珈琲を飲む。

苦みと酸味が強いものは苦手なのだが、思った以上に飲みやすい。

「あら……」

美味しいと素直に思える味に、目を見開く。

「美味しいわ」

「ふふ、あなたならそう言ってくれると思っていました」

「ええ、本当に美味しい……」

ほうっと息を吐く。

珈琲もアップルパイもとても美味しくて、なるほどアーノルドが通うわけだと納得した。

「こんな場所に、隠れた名店があったなんて」

「大通り沿いにあるカフェもいいとは思いますけどね。私はゆったりした雰囲気と時間を楽しみたいのでこちらの方が好きです」

「人それぞれ嗜好《しこう》は違うものね。私も……こういう店は好きだわ」

同年代が集う流行を意識した店もいいが、たまには静かな雰囲気に浸るのも悪くない。

店主は薄く笑みを浮かべながら、使った器具の手入れをしていた。

余計なことは喋《しゃべ》らない。そういうところも好感が持てる。

「……美味しかった」

アップルパイを食べ終わり、珈琲のお代わりをもらい、息を吐く。

すっかりアンドレアによって害された気持ちはおさまっていた。

こういう店に連れてきてくれるのならデートをするのもたまにはいいのではないか。そんな風にまで思えるのだから、我ながらよほどこの店が気に入ったらしい。

「気に入ってくれたようで何よりです」

私と同じように珈琲のお代わりを頼んだアーノルドが笑みを浮かべる。それに「最高だわ」と答えた。

「嫌な気分も飛んでいったみたい。アンドレアに会った時は最悪と思ったけど、この店を紹介してもらったんだからお釣りがくるわね」

「……それなんですが」

「え？」

アーノルドがじっと私を見る。

その目が物言いたげなものであることに気づいた。

「アーノルド？」

「……先ほどアンドレアと別れてから、いえ、あなたを好きになってから、ずっと考えていたんですよ。百年前のこと。本当はどんなことが起こっていたのかと」

「どういうこと？」

彼の言う言葉の意味が分からず、首を傾げる。アーノルドは持っていた珈琲カップに目を落としながら言った。

静かな店内にアーノルドの声だけが響く。

「私はずっと、両親からこう言われて育ちました。エスメラルダ公爵家の人間は疎なものではない、と。百年前の事件に関しても、婚約破棄するだけの理由があり、それはエスメラルダ公爵家に由来するのだと。エスメラルダ公爵家の人間とは関わってはいけない。それがロードナイト公爵家を末永く繁栄させるために一番大事なことなのだと」

「……私も似たようなものだわ。ロードナイト公爵家は約束を守らない家。理由も告げず、いきなり婚約破棄。しかも今後の付き合いを拒絶すると一方的に宣言。婚約破棄されたこちらのことなど何も考えず、まるで自分たちが被害者のように振る舞う様はいっそ哀れだと。ロードナイト公爵家とは絶対に関わるな。信じたところでどうせ裏切られる。それがロードナイト公爵家のやり口だと」

「……そうして私たちは互いにいがみ合ってきた。それについて、今まで何も疑問に思わなかったんです。何せ百年続く確執ですからね。幼い頃から言い聞かされていれば、考え方だって親の思う通りに染まる。私は典型的なロードナイト公爵家の人間に育ちましたよ。エスメラルダ公爵家とみれば反射的に嫌悪感が出る。それはあなたも同じでしょう？」

「そうね。否定はしないわ」

アーノルドを嫌いだと思う九割以上の理由が、彼が『ロードナイト公爵家の人間』だから。

「物心ついた頃から、ロードナイト公爵家が如何に酷い家か、聞かされてきたのだもの。そうなるのも当然じゃない？」

「ええ、そうですね。でも、あなたを好きになって、初めて疑問に思ったのです」

「何を？」

「……エスメラルダ公爵家の人間は、そんなにも酷い人たちなのか、と」

「……」

思わず顔を歪めてしまったが、仕方ないだろう。

アーノルドが淡々と告げる。

「だって酷い人間であるはずのあなたに、私は惚れてしまった。実は素敵な人だったのだと気づいてしまった。それなら、あなたの周囲にいる人たちはどうなのだろうと、気になってしまったんです」

「……それで、どうだったのよ」

我ながら低い声が出た。アーノルドが困ったように告げる。

「普通の人たちでした」

「え」

「先入観と思い込みを取り払って見たエスメラルダ公爵家は、普通の人たちだったんです。今まで私が思っていたような酷い人たちではなかった。ロードナイト公爵家に対抗はしますが、そのやり方だって正攻法だ。百年も『酷い』と言われるようには思えない」

「……」

「だから、両親に聞いてみたんです。百年前の事件のこと。私たちが袂《たもと》を分かつことになった事件のことを。どうしてロードナイト公爵家の次期当主は、エスメラルダ公爵令嬢との婚約を破棄したのか。理由があったというのならその理由を教えて欲しいとそう言いました」

「……それで？　答えはあったの？」

静かに問いかける。

アーノルドの疑問は、私たちエスメラルダ公爵家の人間がいつも思っていたことでもあったからだ。

一方的に破棄された婚約。今後一切の付き合いを拒絶するとの宣言。

こちらは何も悪いことをしていないのに、むしろ被害者だというのに、何故忌み嫌われなければならないのかと。

アーノルドは首を横に振った。

「分からないとのことでした」

「え」

「一番事情を知っているはずの父も知らないと。父もまた両親に私と同じように言い聞かされて育ち、疑問にすら思わなかったと、そう言っていました」

「それって、理由も分からないまま私たちを嫌っていたってこと?」

「そうなりますね」

「何それ、最低」

顔を歪める。アーノルドの言葉で、更にロードナイト公爵家を嫌いになってしまった気がした。

理由も分からず、他者を虐げる。それは三大公爵家と呼ばれる家の人間がしていいことではない。

「呆れ果てたわ」

「悔しいですが、言い返せませんし、私もあなたに同意します。実際、私も両親に言いました。『それはあまりではないか』と。両親も黙り込んでいましたよ。私に指摘されるまで気づかなかったそうです」

「何よ、それ……」

「それ以来、ずっと考えていたんです。なら、真実はどうだったのかと。そんな時にさっきのアンドレアの『エスメラルダ公爵令嬢は可哀想だ』発言だ。より一層、悩んでしまいましてね。だって私はアンドレアに言い返せない。何が起こったか知らないから、何を言われても黙るしかないんです。ロードナイト公爵家を庇いたくても、理由すら知らず嫌っていると分かってしまったあとでは、庇うことすら難しい」

「……別にいいでしょ。それこそ今まで通り、反射で自分の家を庇えばよかったんじゃないの？」

そういうものだと思ったが、アーノルドは悲しげに首を横に振った。

「できませんよ。何も知らなかった頃とは違います。自分が正しいと確信できないのに庇うなんて、考えなしの愚か者の行動です」

「そこまで言うんだ」

「ええ」

「ロードナイト公爵家のことなのに？」

「……そうですね。自分でも驚きです」

アーノルドが小さく笑う。そうしてきっぱりと告げた。

「真実を知りたいと強く思います。百年前の真実を。そのために、一度本邸に戻ろうかと。本邸には当時の資料が残っているかもしれませんから。本当は何があって、どうして私の先祖はあんな行動を取ったのか絶対に解き明かしてみせます」

「それってそんなに大事なこと？」

「ええ、私にとっては」

アーノルドが真顔で告げる。

「何せ、ロードナイト公爵家とエスメラルダ公爵家がいがみ合っている原因ですからね。しっかり真実を知ることは大切かと。それに、私にとってはこれが一番なのですが」

「ええ」

一拍置き、アーノルドが言う。

「この問題を放置したままでは、いつまで経ってもあなたに好きになってもらえないじゃないですか」

「は……？」

何を言い出すのかとアーノルドを見る。彼は真剣な顔をして言った。

「私はあなたを好きになったことで、ある意味エスメラルダ公爵家をフラットな目で見ることができるようになった。でもあなたは違います。いまだ昔の確執に囚われていて、抜け出す気配すら見えない。それでは、好きになってもらうなんて夢のまた夢。絶望的です」

「は、はあ」

「私はあなたに好かれたい。そのためには、まず、百年前の真実を暴き、互いの確執をなくさなければなりません」

「……真実が分かった結果、やっぱりお互いの家が気に入らないってなったらどうするのよ」

むしろそちらの方が確率としては高そうだ。そう思ったがアーノルドは否定した。

「そんなことにはなりません」

「どうしてよ」

「予感がするからです。絶対に大丈夫だという根拠のない予感が」

「うっわ、最悪」

がっくりと項垂れた。

自分で根拠がないと言ってしまう辺り、駄目駄目だ。

少し冷めてしまった珈琲を飲む。

アーノルドを見ればすごく真面目な顔をしていた。どうやら本人としては真剣に言っていたようだと気づき、余計に脱力する。

「あのねえ」

「そうして私たちは大手を振って、恋人となるんです。私はその未来しか認めません」

「……仮にアーノルドが思うような結果になったとしても、私があなたを好きになるかは分からないわよ」

ロードナイト公爵家に対する確執がなくなろうが、それでアーノルドを好きになることはない。

だって全くの別問題だからだ。

「あなたが百年前のことを調べたいというのなら止めないけど……私のことは期待しないでよね」

アーノルドのことはたぶん、以前ほど嫌いではないと思うが、それでもやはり『ロードナイト公爵家』の人間という認識が勝るし、決して好きではないのだ。

そんな私がアーノルドを好きになることなどあり得るだろうか。

——どう考えても無理よねえ。

アーノルドを見つめる。

人々が絶賛する美形。整った顔立ちは確かに綺麗だ。だがトキメキなど微塵《みじん》も感じない。

だから私はこう言うしかなかった。

「まあ、精々頑張って」

アーノルドが頑張るのは勝手だから。

二杯目の珈琲を飲み終える。

せっかく回復した気分がまた微妙なものになってしまった。溜息を吐いた私は、私たちの話に一切口を挟まず黙って仕事をしていた誠実な店主に、三杯目の珈琲を注文することを決めた。

第五章　真実

百年前の真実を調べるために、アーノルドはロードナイト公爵家本邸へと帰った。

ロードナイト公爵家の本邸は二百年以上前から建つ歴史ある建物で、先祖の品も多く残っているとのこと。あちこちひっくり返せば、何か出てくるのではないかとアーノルドは期待しているようだった。

「でも、そんな上手く見つかるわけないわよね」

百年前の証拠品なんて都合の良いもの、多少本邸をひっくり返したところで出てくるものだろうか。

正直、私は疑わしいと思っていたが、アーノルドがいなくなることは大歓迎だ。

最近はずっと付き纏われて鬱陶しかったこともあり、久々の自由を謳歌しようと決めていたし、実際私はひとりだけの生活を楽しんだ。

「あー、ひとりって最高だわ」

庭で恒例となった鍛錬を終え、汗を拭う。

アーノルドが実家に帰って、今日で五日。思っていた以上に快適な暮らしに私は大満足だった。

朝から自室に押しかけてくるアーノルドはいないし、食事を一緒に取ろうと時間を合わせてくるアーノルドもいない。『行ってらっしゃい』を言わないと、登城しないと言い出すアーノルドもいないのだ。

これが最高でなくてなんだと言うのか。

「どこへ行くにもついてきたアーノルドがいない。もう殆ど『振り返れば、アーノルドがいる』状態だったもの。ストレスフリーって素晴らしいわね。やっぱりさっさと離婚して、エスメラルダ公爵家に帰りたいわ」

やはりあの男は要らなかったのだと結論を出す。

お風呂で汗を流し、着替えてから昼食を食べた。気が乗ったので音楽室へ出向く。

高位貴族は、嗜みとして楽器を演奏できる者が殆どだ。

私はピアノ。

今までアーノルドがいたので弾かなかったが、彼がいないのなら久々に弾いてみてもいいかもしれない。

音楽室にはピアノやヴァイオリン、フルートなど一通り、貴族が嗜むとされる楽器が保管されていた。

ピアノは部屋の中央にある。

確認してみれば、調律はきちんとされていた。

椅子に座り、鍵盤に手を乗せる。久しぶりで指が動くか心配だったが、弾いているうちに思い出してきたのか、どんどん動きが滑らかになってきた。

誰に遠慮することもなく思いきり弾けるのが楽しい。

「あー、楽しかったわ！」

二時間ほど集中して弾き、鍵盤から手を下ろす。

タイミングを見計らっていたのか、メイドたちがお茶を運んできた。

アイスティーとお茶菓子のマカロンだ。

「宜しければ、いかがですか？」

「そうね、もらおうかしら」

二時間丸々水分補給していなかったので、すっかり喉はカラカラだ。

壁際に設置してあったソファに座り、用意してもらったお茶を飲む。

レモングラスのハーブティー。すっきりした飲み口だ。カモミールもブレンドされている。

ノンカフェインのお茶は身体に優しく、一気に飲み干してしまった。

「……」

メイドたちが下がる。

音楽室にひとりになった私は、ソファに座ったまま天井を見上げた。

「……はあ」

溜息を吐く。

なんだろう。何故か物足りない気分だった。

アーノルドがいなくて楽しい毎日。それは本音で、実際とても充実した日々を送っている。

だけど、息をするように毒舌を吐いていた相手がいなくなったことが、妙に寂しいという気持ちを抱かせた。

「いやいやいや、毒舌を吐く相手がいないから寂しいとか、さすがにおかしいわ」

ないないない、と自分に言い聞かせるも、やっぱりちょっと寂しいように感じる。

何せ今まで反射的に嫌っていて、まともに話しもしなかったのが、アーノルドが私に惚れたことで、爆発的に関わる機会が増えたのだ。

それにより、別に知りたくなかったアーノルドの人間性も多少は気づくようになった。

アーノルドのことが嫌いであるのは前提として、思っていたほど嫌な奴ではない。むしろ真面目で好感が持てる男ではと薄々察し始めていた。

好きになれば真っ直ぐに行動し、自分の親に対しても筋を通そうとする。

私は今更だと思ったのに、それではダメだと百年前の真実を調べようとする。

オリヴィア王女が言っていた通りだ。これが真面目でなくてなんだというのか。

正直、知りたくなんてなかった。

「実はいい奴とかいうオチなんて本当に要らないのに……というか、いつもやり合っていた相手がいないだけで寂しいと思うとか、自分が情けなさすぎる」

もっと心からアーノルドの留守を楽しめばいいのに。

心の隅にもやっとしたものがあり、全力で楽しめないのだ。それがすごく悔しい。

あと、アーノルドが実はいい奴だと気づいてしまったことで、自分が如何に彼を表面的にしか見ていなかったかということにも気づかされてしまった。

オリヴィア王女が口を酸っぱくして言っていた「アーノルド自身を見ろ」という言葉。

それをようやく理解したのである。

「ロードナイト公爵家の人間ってだけで嫌ってたのよね。まあ、それの何が悪いのって話だし、別に悪くないとは思うんだけど」

その家の人間全員が嫌いというのは、実際にあるのだから仕方ない。

ただ、ここにきて、アーノルド個人に目を向けてしまっただけ。

そしてそれはアーノルドも同じなのだ。

エスメラルダ公爵家の人間として私を嫌っていたのに、うっかり惚れてしまった。その結果、彼は否応《いやおう》なしに私という人間個人を見ることになったのだろう。

嫌いな家の人間なのに好きになってしまったアーノルド。彼の胸中を思うと、ちょっと可哀想かもしれない。

「いや、それに巻き込まれた私が一番可哀想か」

他人事なら「可哀想」とも思えるが、彼が惚れた相手は私だ。

結果として私は好きでもない男に付き纏われ、何故か王女からも「彼自身を見てあげて」と言われている。

どう見ても、一番の被害者は私だった。

「奥様、失礼致します」

「……何？」

溜息を吐いていると、扉の向こうから執事の声がした。

『奥様』という、最近よく使われるようになった呼称にうんざりしつつも返事をする。

入室を許可すると、執事が中に入ってきた。

「奥様にお手紙が届いております」

「手紙？　誰から？」

知り合いか友人が夜会の誘いでもかけてきたのだろうか。

首を傾げながらも尋ねると、執事は「アンドレア様からです」と答えた。

「お手紙はアンドレア・ベリル公爵令息様からのものとなります」

「……アンドレアから？」

自然と眉が中央に寄る。

アンドレアが一体、私になんの用があるというのか。

不快感を覚えながらも執事から封書を受け取る。

心情的には読まずに捨ててしまいたかったが、さすがにそんな常識外れな真似はできなかった。

白い封書にはベリル公爵家の紋が透かし彫りで入っている。

封を開け、手紙を取り出す。

そこにはアンドレアの手で、折り入って話がある的なことが書かれていた。

「話ぃ？　こっちにはアンドレアと話すことなんてないけど」

手紙に向かって文句を言っても仕方ないと分かっていたが、つい、口にしてしまう。

最後まで読んでみれば、王城のベリル公爵家用の待合室で話がしたいと書かれていて、多少検討の余地はあると思えた。

「……ベリル公爵家に来いとか、こっちに来るとか言われたら断ってやろうと思ったけど」

相手のパーソナルスペースに入るつもりもなければ、こちらのパーソナルスペースに入れるつもりもない。

だが、王城にある待合室なら考えてみてもよかった。

王城には公爵家用の待合室があり、エスメラルダ公爵家もロードナイト公爵家もそれぞれ王家から賜っている。

登城した際などに使える各公爵家専用の部屋という認識だ。

王城の女官や侍従たちも出入りできるし、一階にあるので窓を開ければ庭にも出られる。

最悪密室になっても逃げられるのだ。

それにベリル公爵家の待合室の近くにエスメラルダ公爵家の待合室があるのも知っているから、いざとなれば逃げ込める。

そこまで考え、ハッとした。

「……そこまでしてアンドレアの話を聞く必要性もない、か」

どうして私がアンドレアのために便宜を図ってやらねばならないのか。

最後の最後で我に返った私は、執事にレターセットを用意させ、返書をしたためた。

『お生憎様。私の方に用事はないの。よって、わざわざ会う必要はないわ』

要約すればこんな感じのことを書いたのだ。

正直、ちょっと清々した。

「これを、ベリル公爵令息に」

「……かしこまりました」

執事からは「え」という顔をされたが、私はとってもいい笑顔で手紙を押しつけた。

せっかくひとりを満喫しているのにアンドレアに会うなど、時間の無駄でしかない。

だが。

「奥様、またお手紙です」

「……また?」

渡された手紙を見て、片眉をつり上げる。

アンドレアはしつこかった。それはもうしつこかったのだ。

私が断っても諦めない。

返書を出した三十分後には新たな手紙を送ってきたし『どうしても大事な話があるから会いたい』と書いてきた。

それに対しても『私にはない』とはっきりきっぱり断ってやったが、またすぐに次の手紙が来て、うんざりした。

「いや、あのねえ……」

みたび届けられた手紙を見つめ、息を吐く。

これだけ手紙のやり取りをするくらいなら、その用事とやらを書いてくればいいのに、彼はそれすらせず、ひたすら『会ってくれ』と書いてくる。

実際、私は三度目の返信に『用事の内容を手紙で言え』と書いてやった。

それに対する四度目の手紙が『記録に残したくない』である。

怪しい気配しか感じない。

だが、さすがに四度も手紙をやり取りすれば、私もいい加減うんざりしてくる。

一度会えば気が済むというのなら、会って五秒で帰ってやればいいかと考え直したのだ。

「……延々と手紙のやり取りをするのも嫌だし」

五秒で終わるのなら、その方が早い。

完全にアンドレアの粘り勝ちである。

私は渋々『会ってもいい』と返書をしたため『これからすぐでもいいか』と追記した。

嫌なことはさっさと終わらせたかったのである。

アンドレアから届いた返事には『待っている』と書かれてあり、彼がすでに王城にいることを示していた。

「は〜、面倒だけど出かけてくるか」

うんざりしながらソファから立ち上がる。

ずっと手紙のやり取りを行ってくれた執事が気の毒そうな顔で私を見てきた。

「お出かけですか、奥様」

「ええ、アンドレアがどうしても直接会って話がしたいって言うから行ってくるわ。全く気が進まないんだけど、延々と手紙のやり取りを続けるのも嫌だし」

「……そう、ですね」

執事が真顔で頷いた。彼も内心、アンドレアのしつこさに辟易《へきえき》していたのだろう。

気持ちは分かるとその顔には書いてあった。

「行ってらっしゃいませ」

「ありがとう。とはいえ、時間はかからないわ。五秒で終わらせるつもりだから」

「お帰りをお待ちしております」

執事が部屋から出て行く。それと入れ替わりでメイドが入ってきた。

王城へ行くのなら、それなりの格好をしなければならないのだ。

最低でも盛装。

——なんでこんな目に……。

のんびりするはずが、アンドレアのせいで予定が大幅に崩れた。

盛大に文句を言いたい気持ちになりながらも、準備を終えた私は公爵家所有の馬車に乗り、王城へ向かった。

◇◇◇

王城へ着いた私は、早速ベリル公爵家が賜っている待合室へと向かった。

場所は分かっているので案内は必要ない。

兵士に声をかけられたが「アンドレアに呼ばれて、ベリル公爵家の待合室へ行くの」と用事を告げれば、すぐに「行ってらっしゃいませ」と頭を下げられた。

勝手知ったる一階の廊下を急ぎ足で歩く。

目的地に着き、扉をノックした。

すぐに扉が開き、中からアンドレアが顔を出す。彼はにっこりと笑って私を中へ招き入れた。

さっと周囲を見回す。

部屋の造りはエスメラルダ公爵家の待合室と変わらない。

見栄を意識した豪奢《ごうしゃ》な家具類が置かれている。書類仕事ができるように執務机や本棚もあった。

三大公爵家の待合室として不足はない。美しく煌びやかな金のかかった良い部屋だ。

ただ、従者やメイドはいない。彼、ひとりだけのようだ。

アンドレアが扉を閉めている。なんとなく、脱出経路を確認した。

やはり窓から出て庭に逃げるが一番手っ取り早そうだ。

「よく来てくれたね、ステラ。会えて嬉しいよ」

いざという時の脱出経路について考えていると、アンドレアが笑顔で握手を求めてきた。

その手を払いのける。

「あなたがしつこかったからでしょう。私は会いたくないと言ったのに、何度も何度も。いい加減うんざりしたわよ」

「でもそのお陰で、君は来てくれた」

「御託は結構。話とやらを聞かせてくれるかしら。直接でしか言えないという話を」

くだらない話だったら承知しないぞという気持ちを込めてアンドレアを睨む。

彼は「もちろん」と大袈裟な仕草で頷いた。

「そのために君を呼んだのだからね。まずはソファに座ってくれるかな。立ってするような話ではないから」

「……五秒で終わらせるつもりで来たんだけど」

わざわざ膝を突き合わせる必要はないと告げるも、アンドレアは同意しなかった。

「そんな簡単な話ではないんだよ。その……君の旦那様にも関係があることだから」

「アーノルドに？」

「ああ」

神妙な顔になったアンドレアを見つめる。

どうやら本当に込み入った話があるらしい。

気持ちはすでに帰りたかったが、仕方ないと舌打ちし、ソファに腰掛ける。アンドレア相手に取り繕うつもりはなかった。対面に座ったアンドレアがホッとした顔をする。

「よかった。話を聞いてくれるつもりはあるみたいだね」

「そもそもここまで来ている時点で聞く気はあるわよ。手紙にして欲しかったというのが本音だけど」

「記録に残せないと言っただろう。実際、外に出していい話ではないんだ。だから、うちの従者たちも席を外させている」

「……秘密の話ってわけね」

「ああ」

アンドレアが真剣な顔で頷く。

彼のそんな表情は見たことがなかったので少し驚いた。

「それで？　話というのは？」

自然と小声になる。アンドレアも声を潜めた。

「……今からする話は、僕たちだけの秘密だ。まずはそれを誓って欲しい」

「へえ？　アーノルドにもするなってこと？」

「ああ。他の誰にも言わないで欲しい。それくらい慎重に扱わなければならない内容なんだ」

「ふうん。まあいいわよ」

疑わしいと思いながらも、了承する。

そもそもアーノルドに話すつもりなんてなかったからだ。

だがアンドレアは更に念を押してきた。

「君が懇意にしている、オリヴィア殿下にも言わないで欲しい」

「……あら」

まさかオリヴィア王女の名前が出てくるとは思わず、驚いた。

アンドレアが話を続ける。

「本当に誰にも知られたくない……いや、知られてはいけない話なんだ。君も聞けば納得してくれると思う。いや、僕に感謝するんじゃないかな」

「アンドレアに感謝？　冗談でしょ」

吐き捨てた。

この男に感謝するようなことがあるはずがない。

そんな私をアンドレアが窘める。

「落ち着いて。……僕を疑うのなら、話を聞いてから誰にも言わないと誓ってくれても構わないよ」

「へえ？」

片眉をつり上げた。

誓いを後回しにしてもいいと言える。つまり、それだけ話す内容に自信があるということだ。

「いいわ、話してみなさいよ。沈黙の誓いについては、あなたの提案通り、話を聞いてから検討するわ」

「分かった」

アンドレアが頷く。

両手を組み、真剣な目を向けてきた。

「……まず、言っておくよ。この話を知っているのは今のところ僕だけだ」

「……続けて」

不穏な言い回しだなと思いながらも続きを促す。アンドレアが口を開いた。

「君は知っているかな。僕がアーノルドと同じ部署で働いていることを」

「……知らないわ。あなたの勤務先に興味なんてないもの」

アーノルドについては、兄と仲が悪いというのとロードナイト公爵家の人間だということで、どうしたって気にせずにはいられなかったが、アンドレアは違う。

同じ三大公爵家だとしても、基本は関わることのない人。その勤務先など気にするはずがなかった。

私の回答を聞いたアンドレアが顔を歪ませる。

「そうだろうね。まあ、別にいいんだけど。とにかく、僕はアーノルドと同じ財務部門で仕事をしている。……王城の財務を一手に引き受ける部署だ。当然、他の人たちより様々な情報を知る立場になる」

「そうね。……え、ちょっとやめてよ？　まさか私に王家の秘密を流出しようなんて考えていないでしょうね」

絶対にごめんだという意思を込めてアンドレアを見る。

財務部門は特に守秘義務が重く、無関係な人物に情報を漏らしてはいけないのだ。

漏らした場合、どちらにも処罰が下される。

「あなたと共犯なんてごめんよ。帰るわ」

ソファから立ち上がる。

こちらにその気はないのに犯罪者になるなんてごめんだ。

そう思ったが、アンドレアは出て行こうとする私を引き留めた。

「待ってくれ。僕だって、王家を敵に回すつもりはない。これでも三大公爵家。王家には絶対の忠誠を誓っているんだ」

「本当でしょうね……」

怪しいと思いながらも立ち止まる。

アンドレアは真剣な顔で頷いた。

「ああ、王家の話はしない。だから聞いてくれ。その……僕が話したかったのはロードナイト公爵家のことなんだ」

「……ロードナイト公爵家？　ああ、だからアーノルドに関係があるって言ったの？」

「ああ」

沈痛な面持ちを見せるアンドレア。思ったよりも真剣な話なのかもしれない。

そう受け取った私は溜息を吐き、ソファに戻った。

「いいわ。聞いてあげる。ロードナイト公爵家のことなら他人事じゃないし」

「ありがとう。実は一週間ほど前、偶然書庫で昔の書類を発見してしまったんだ。そこにはロードナイト公爵家が二年ほど前まで、国庫に入るべき税金を秘密裏に横領していたことが書かれていた」

「え……それって裏帳簿を見つけたってこと？」

「ああ」

唖然《あぜん》とする私に、アンドレアが頷く。

「屋敷に保管するより、城の書庫の方が発見されにくいと思ったのだろうね。実際、非常に見つかりにくい場所に隠してあったよ。横領期間は五年前から二年前まで。詳しく調べてみたが、今はやっていないようだ」

「……」

淡々と語られる話を呆然と聞く。

ロードナイト公爵家が国庫に入るべき税金を横領していたというのは、とてもではないけれど信じられなかった。

だってロードナイト公爵家は、ムカツクけどプライドの高い優秀な家だ。王家に絶対の忠誠を誓っていて、横領などするはずがない。

「嘘でしょ。ロードナイト公爵家が横領なんて」

「信じたくない気持ちは分かるが本当のことだよ。そして、今はしていないからいいという話にはもちろんならない」

「それはそうよ。当たり前だわ」

過去の話だろうが、横領は横領。れっきとした犯罪行為なのだ。もしアンドレアの言うことが本当なら、ロードナイト公爵家は裁かれるべき。そう思った。

顔を強ばらせる私に、アンドレアが言う。

「最初に告げた通り、この話は僕と、そして今は君以外は知らない。裏帳簿を見たのは僕だけだ」

「え、ええ。そう言っていたわね」

アンドレアが何を言いたいのか分からず首を傾げる。

彼は私をじっと見つめると、信じられないことを口にした。

「今回の話、すでに終わっていることだし、このまま僕の胸の内に秘めていてもいい」

「は？」

目を見開く。アンドレアの意図が全く摑めなかった。

「アンドレア？　何を言っているの？　あなただってさっき言ったじゃない。今はしていないからいいという話にはならないって」

「確かに言った。でも、君だってロードナイト公爵家が裁かれるのは本意ではないだろう？」

「……」

「君が嫁いだ婚家だ。愛する夫の大切な家。それを守りたいという気持ちがあるんじゃないかな？」

「……何が言いたいのよ」

アンドレアの顔が醜悪に歪んでいる。

それだけでもう、碌な話でないというのが確定した。

彼がゆっくりと告げる。

「アーノルドくんと別れ、僕と結婚して欲しいんだ」

「は？」

「そうしてくれれば、僕が秘密を口にすることは生涯ないと誓うよ」

アンドレアは笑っているが笑えない。

何故、私がアンドレアと結婚など——そう思ったところで気がついた。

つまりこれは。

「……私を担保にするってことね」

たぶん、間違っていないだろう。

ロードナイト公爵家の醜聞を黙ってやる。その代わり、私を担保として寄越《よこ》せ。

なるほど、貴族の間ではよく使われる手だ。

立場が弱い方が人質や担保として娘や妻を差し出す。

アンドレアはそれを私にやれと言っている。

なるほど、記録に残したくないと言うわけだ。

こんなこと、表立って言えるはずがない。

渋い顔をしていると、アンドレアが楽しげに言った。

「話が早くて結構。君だって夫の家の醜聞が表沙汰になることは望まないだろう？　愛する夫のためだ。君ひとり我慢すれば済む話。簡単だろう？」

「……私はエスメラルダ公爵家の人間であってロードナイト公爵家の人間ではないわ。担保や人質が欲しいのなら、ロードナイト公爵家の他の人間を選ぶべきじゃないかしら」

選ぶ人間を間違っている。そう思ったがアンドレアは否定した。

「いや、君だ。だって僕が欲しいのは君だから。欲しくないものをもらっても何も嬉しくないだろう？」

「私？」

「君は気づいていなかったようだけど、僕は君のことが好きなんだ。だから君が担保で人質。間違っていないよ」

「えっ……アンドレアが……」

想像すらしなかった告白に目を丸くした。

「嘘でしょう？」

「嘘じゃない。近いうち、求婚しようとも思っていた。それなのに君はアーノルドくんと結婚するんだから酷い話だよ」

「……」

絶句する。アンドレアが私を狙っていたなんて信じたくない。

驚くしかできない私にアンドレアが言う。

「でも、僕は君を手に入れたい。アーノルドくんの妻となった君なんて見たくないんだ。だからそのために交換条件となるものを用意した。君は、愛する夫の醜聞を晒されずに済んで、僕は君を手に入れられる。ほら、どちらにも利があるだろう？」

「……」

「君はひとこと『はい』と言えばいい。そうしてくれればあとは僕がやるよ」

断るなんて思いもしないという顔でアンドレアが私を見てくる。

アーノルドの……というか、ロードナイト公爵家の長年に亘《わた》る税金の横領。

それを表沙汰にして欲しくなければ、つまりアーノルドを窮地に立たせたくなければ、彼と別れ、自分と結婚しろと言うアンドレア。

愛する夫のために、自らを犠牲にする。

それは実際、よくある話だ。

夫が大事にする家を守るため、全てを自分の胸の内に収め、本当は一緒になんていたくない男と結婚する。

ああ、それはなんという美談なのだろう――――。

「君がアーノルドくんを愛しているのは知っている。そしてだからこそこの条件を呑むだろうということも分かっているよ。君は男勝りだけど、優しい女性でもあるからね。自らを犠牲にすることもやむを得ないと考えるだろう。素晴らしい考えだ。それでこそ家を守れと教えられてきた公爵令嬢のあるべき姿だと思うよ」

返事をしない私にアンドレアが熱弁を振るう。

彼の中では、私がアンドレアの手を取ることは確定しているようだ。

実際、今の話を聞かされれば、十人中九人は、夫のためにと条件を呑むだろう。

どんな時でも家を守るのが先決だと、貴族令嬢は教育を受けているのだから。

「……アンドレア」

実に楽しそうに語る男の名前を呼ぶ。

アンドレアはにやりと笑い「なんだい、ステラ」とねっとりした声で返事をした。

ソファから立ち上がる。

思いきり睨みつけ、言ってやった。

「ばっかじゃないの。誰がそんな話受けるものですか。罪は罪。どんな理由があっても犯した罪は消えないし、償わなければならないの。それにね、アンドレアは知っているはずよ。私が、エスメラルダ公爵家がロードナイト公爵家を大嫌いだってこと。こんな醜聞、むしろいい気味としか思わないわよ。それをどうして私が犠牲になってやらなくてはならないの！」

「えっ……」

アンドレアが私を凝視してくる。間抜け面を見て、せせら笑った。

「聞こえなかったのならもう一度分かりやすく言ってあげましょうか。ロードナイト公爵家の罪を私が被るような真似はしないと、そう言っているのよ」

そもそも離婚できない状況なのだけれど、それは言わない。

出してもいい事実だけを突きつけてやる。

ざまあみろと嘲笑うと、アンドレアは信じられないという顔をした。

「……は？　君はロードナイト公爵家が、いや、アーノルドくんがどうなっても構わないというのか」

「構わないわよ。悪いことをしたのなら償う。それだけのこと。隠す理由なんてないわ」

「……どうして」

アンドレアは信じられないという顔をしているが、私の方こそ意味が分からない。

「どうして私がアーノルドを庇うと思ったのよ」

「……だって、君はアーノルドくんを愛している。いつだって仲良さそうにしていて、そんな君なら、愛する夫を庇うと思ったんだ」

「……あー」

なるほど。

どうやらアンドレアは、仲良し夫婦を演じていただけだと気づいていなかったようだ。

まんまと私たちの思惑に引っかかり、愛し合って結婚した夫婦だと信じ込んでいる。

そしてだからこそ、私が彼の話に乗ると踏んだのだ。

真実愛しているのなら、夫を守るために動くだろうと。

確かにそれは正しい。だけど私はアーノルドを愛していないし、相変わらずロードナイト公爵家は嫌いだ。

だからこんな取り引きを持ちかけられたところで、鼻で笑っておしまいだった。

「ばっかじゃないの」

もう一度、アンドレアに向かって言い放つ。

「私はアーノルドを庇わないわ。私が自分の身を挺《てい》してでも守りたいのはいつだって、エスメラルダ公爵家であって、それ以外ではないの。ロードナイト公爵家のためになんて、誰が動くものですか。私、今でもロードナイト公爵家が大嫌いなのよ！」

とはいえ、最近ではアーノルドも実はいい奴だなと分かってはいるけれど。

それとこれとは別なのだ。

私の剣幕に、それまで己の優位を信じて疑っていなかったアンドレアが呆然としている。

その口が「何故」と何度も繰り返していた。

「君は、アーノルドくんを愛しているんじゃなかったのか」

「それで罪を隠す方向に行くのっておかしいでしょ。本当に愛しているのなら、罪を償って欲しいと思うはずよ」

私は愛していないけど、と心の中で追加しておく。

でも、罪があるのなら隠さず、詳《つまび》らかにして、償うのが正しいと思うのだ。

ずっと抱えたままなんて許されないし、許してはいけないと思う。

「そんな……」

目を見開き、首を左右に振るアンドレア。そんな彼を冷たい目で見下ろしていると、突然閉まっていた扉が開いた。

余裕たっぷりに登場したのは、現在実家に帰省中のアーノルドだ。

「ア、アーノルド？」

「さすがはステラですね」

「……は」

目を瞬かせる。

帰省中だろうと仕事はあるので、彼が王城にいること自体は不思議ではないが、何故、アーノルドがここにいるのだろう。

「……仕事中では？」

「今日はお休みですよ。というか、先ほど本邸から戻りまして。もう夕方も過ぎたというのにあなたの姿が見えない。どうしたのかと執事に尋ねたところ『アンドレア・ベリル公爵令息から再三の要求があり、王城へ向かった』と教えてくれたのです」

「ああ」

あの手紙のやり取りを請け負ってくれた執事が話したのだろう。頷くと、アーノルドは更に言った。

「断っても断っても何度もあなたを呼び出そうと必死だったと。これは何か良からぬことを企てているのではと心配して教えてくれたのですよ。彼のことを怒らないでやって下さいね」

「怒りはしないけど……」

アーノルドが入ってきたタイミングがあまりにもばっちりで驚いたのだ。

もしかして彼は話を聞いていたのだろうか。そして聞いていたとすれば、どの辺りからだろう。

「えっと、アーノルド……」

「先に言っておきますが、ロードナイト公爵家が税金を横領したという事実はありません」

「あ」

これは全部聞いていたなと、アーノルドの言葉で気づく。

アーノルドは笑っていたが、無実の罪を着せられそうになったのだ。その笑みは恐ろしいものがあった。

彼が私を見る。

「ステラ、アンドレアから何か証拠は見せられましたか？」

「い、いいえ。王城の書庫で裏帳簿を見つけたとは聞いたけど、実際の帳簿を見せてもらったわけではないわ」

話を聞いただけ。

何か証拠を見たわけではないと首を横に振る。

アンドレアを見れば、彼は顔色を青くさせていた。

「そうでしょうね。そのようなもの存在しませんから。アンドレアの完全なでっち上げです。それは出るところへ出れば分かります」

ねえ、とアンドレアに視線を送るアーノルド。

アンドレアはソファの上でブルブルと身体を震わせていた。それでも叫ぶ。

「で、でたらめを言うな！　僕は嘘なんて吐いていない！」

「横領の事実はあると？」

「そ、そうだ！」

「それはベリル公爵家のものであって、うちのものではありませんね。ベリル公爵家の罪をうちになすりつけようとしないで下さい。すでにネタは上がっているんです。言い訳は通用しませんよ」

「えっ……ベリル公爵家が横領していたの？」

アーノルドの言葉に驚き、つい口を挟んでしまった。アーノルドが肯定する。

「ええ。先ほど彼が告げた横領内容は、そっくりそのままベリル公爵家がしていたものです。王城にうちの裏帳簿は存在しませんが、ベリル公爵家の裏帳簿は存在するのでしょうね。なんならその帳簿をまるでロードナイト公爵家のものであるかのように書き換えようと考えていたんじゃないですか？」

「……」

「おや、もう書き換えたあとですか？　大丈夫ですよ。調査官は有能です。書き換えなどすぐに露呈しますから」

にっこり笑うアーノルドに対し、アンドレアは顔色を紙よりも白くさせていた。

アーノルドが吐き捨てるように言う。

「本当に百年前からやることが変わらないんですね。ベリル公爵家は。——あの時も、今と同じ手段を用いたのでしょう？」

「え、なんの話……？」

百年前という言葉を聞き、アーノルドを見る。彼は懐から一冊の黒い本を取り出した。

ずいぶんと古びている。日記帳だろうか。

「これは、あの事件の当事者であった、ユージーン・ロードナイトの手記です。実家の書庫から発見しました」

「……あの事件って」

「ええ『ロードナイト婚約破棄事件』の話ですよ。婚約破棄した当人直筆の手記です」

「……」

呆然とアーノルドを見つめる。

まさか彼がそんなものを見つけてくるとは思わなかったのだ。

アンドレアを見れば、何故か彼は更に顔色を悪くしていた。

まるで隠していた罪が暴かれるかのような雰囲気がある。

「アンドレア……？」

「ちょうどいいです。彼にも関係あることなので、一緒に聞いてもらいましょうか」

そう告げるアーノルドはまるで裁判官のようだった。

全ての罪を詳らかにしてやるというような覇気を感じる。

「今から約百年前、ロードナイト公爵家とエスメラルダ公爵家の仲は良好で、その子供たちも親しく付き合っていました。彼らは大人になり、互いに恋に落ちた。それがユージーン・ロードナイト公爵令息と、クリスティナ・エスメラルダ公爵令嬢のふたりです」

アーノルドの言葉に聞き入る。

クリスティナ・エスメラルダ公爵令嬢は、婚約破棄されたご先祖様だ。

両親から彼女が遭った憂き目について耳にたこができるほど聞かされていたので、すぐに「ああ、彼女か」と理解することができた。

「ふたりは仲睦《なかむつ》まじい恋人同士だったようです。年頃になったユージーンは満を持して、クリスティナに求婚。クリスティナは大喜びで彼の求婚を受け入れました。両家もふたりの仲を知っていたので、すぐに許可は下りたそうです。婚約したふたりは、半年後に予定された結婚式を楽しみに待っていました。あの日までは」

アーノルドの語りに、耳を傾ける。

アンドレアも口を挟まず、俯いていた。

「ユージーンの手記にはこう記載されていました。クリスティナと婚約発表をしてしばらくして、ベリル公爵が訪ねてきたのだと。そして告げられました。エスメラルダ公爵家が公金を横領していると。驚くユージーンにベリル公爵は『このまま黙っている代わりに、エスメラルダ公爵家の娘との婚約を破棄し、自分の娘アリアと結婚しろ』と言いました」

「えっ……!?」

どこかで聞いた……というか、まさに今私がされた話と同じだ。

驚く私を無視し、アーノルドが続ける。

「さすがに彼も即答はできませんでした。当然ですよね。ベリル公爵が帰ったあと、ユージーンは家族に彼が聞いたことを共有して、どうするべきか話し合いました。横領がバレれば、エスメラルダ公爵家は罰を受けることになる。長く友好関係のあった家が、罪人として裁かれるのは気の毒でないかと告げたのは当時のロードナイト公爵です。ユージーンもそれに賛同しました。愛する女性の家が叩かれるのは忍びないとそう思ったのです」

「……」

「ただ、さすがに二度は庇えないし、横領をしているような家とは付き合えない。今回は目を瞑《つぶ》るが、今後は親交を絶つ。ロードナイト公爵はそう決定しました。そうして、彼らは自分たちの知ったことを胸に秘めたまま、エスメラルダ公爵家に婚約破棄を告げたのです。何も事情を知らされていないエスメラルダ公爵家は当然激怒しましたが、彼らが横領したと思っているロードナイト公爵家は毅然と、エスメラルダ公爵家とは今後一切付き合いはしないと宣言しました」

アーノルドが口を閉じる。

「あ……」

信じられない気持ちでいっぱいだった。その思いのまま口を開く。

「エスメラルダ公爵家は横領などしていないわ！」

百年前のことだろうと、うちの家がそんな真似するはずがない。

だってどれだけロードナイト公爵家が憎くても、絶対に卑怯《ひきょう》な手を使わなかった。正攻法で勝つことに意味があるのだと、決して王家に迷惑をかけてはいけないのだと両親だって言い続けている。

エスメラルダ公爵家は誇り高い家なのだ。

それが、公金を横領⁉

絶対にあり得ないと断言できた。

「私たちは王家に絶対の忠誠を誓っているわ。それは昔からで今だってそう。横領なんてするものですか!!」

エスメラルダ公爵家を貶められたことが許せなくて、勝手に声が大きくなる。

アーノルドが静かに諫めた。

「落ち着いて下さい、ステラ。手記には続きがありますし、私もエスメラルダ公爵家が横領したなんて思っていませんから」

「……でも」

「話は最後まで聞いて。いいですね？」

「……分かったわ」

色々言いたいことはあったが呑み込む。アーノルドがアンドレアを見据えながら口を開いた。

「エスメラルダ公爵家の横領を黙っている対価として、そのあとユージーン・ロードナイトは約束通りアリア・ベリル公爵令嬢を娶りました。ただ、ユージーンの心はいつもクリスティナ・エスメラルダにあったそうです。結婚こそしたものの、妻となったアリアを抱くことはなかったと、手記には書かれてありました」

心はクリスティナにあったのだと言われ、唇を噛みしめた。

そんなの、クリスティナに分かるわけがない。実際彼女は心を病んで、早世している。

ユージーンに、愛する人に裏切られたショックはどれほどのものだったのか、彼女の嘆きを私は両親から聞いていた。

「この手記は、クリスティナの死後に書かれたものです。彼女の死を知ったユージーンが、自身の複雑な胸中を吐き出す手段として使ったのでしょうね。この手記の最後にはこう書かれてあります。――私はエスメラルダ公爵家を、ひいてはクリスティナを助けたいと思い、ベリル公爵の誘いに応じた。だが、結局私のしたことは正しかったのだろうか。あの日、ベリル公爵は私に証拠となるものを何も見せなかった。あまりの出来事に混乱し、そこまで気づくことはできなかったが、もし、あれがベリル公爵の嘘だったら？　娘を私に嫁がせたいだけの策だったとしたら、私はどれほど愚かなことをしたのだろう。真に愛する人を悲しませ、死なせてしまった。これからも仲良くやっていけたはずのエスメラルダ公爵家を敵に回した。それほどの価値が本当にあったのか。あの日、ベリル公爵の言葉を鵜呑《うの》みにせず、真実を明らかにするという方向に出れば、もっと違った未来があったのではないかと、そう、後悔の念が綴《つづ》られてありますね」

「……」

「アリアとの間に子をもうけるつもりはないとも書いてあります。ユージーンなりの贖罪《しょくざい》なのかもしれませんが、実際彼とアリアの間に子はいない。ロードナイト公爵家を継いだのは彼の弟の息子ですから」

開いていた手記をアーノルドが閉じる。

「この手記を読んだあと、当時の記録を調べました。これでも財務部門に在籍していますので、調査許可はわりと簡単に下りるんです。ただ、百年前の記録ということで、王城の書庫をひっくり返すことになりましたが――面白い結果が出ましたよ。エスメラルダ公爵家に横領の事実はなく、代わりにベリル公爵家が横領していた証拠が出てきました」

「えっ……」

「ユージーン・ロードナイトが疑っていた通り、エスメラルダ公爵家は何も犯罪に関与していなかったということです。それどころかその罪を突きつけたベリル公爵家こそが横領していた。自分たちの罪を上手くエスメラルダ公爵家になすりつけようとしたんでしょうね。記録を改ざんした痕跡が残っていました。普通の人なら分からないかもしれませんが、専門家が見れば一発で分かります。これは後に書き換えられたものだとね」

「エスメラルダ公爵家に罪をなすりつけようとしたの……？」

信じられない気持ちでアーノルドを見つめる。彼は「ええ」と頷いた。

「みたいですよ。もしユージーンに証拠をと問い詰められた場合は、その改ざん書類を見せるつもりだったのでしょう。ユージーンに惚れた娘の恋を叶《かな》えさせたいベリル公爵が、ついでに自らの罪をエスメラルダ公爵家に被ってもらおうとした。真相はこんなところですね」

愕然とする。

それと同時に、アンドレアが全く同じ方法で、私に結婚しろと迫ったことを思い出した。

「……もしかしなくてもアンドレアは知っていたの？」

百年前の真実を。

アンドレアを見つめたが、すっと視線を逸らされた。何も言わなくても、その態度が全てを物語っている。

――ああ。

彼は、ベリル公爵家は知っていたのだ。

知っていて百年もの間、その真実を隠し続けていた。

しかも、しかもだ。

今回アンドレアは、当時と同じ方法で私を陥れようとした。

今度はロードナイト公爵家が横領していると嘯《うそぶ》いて。

「なんてこと……」

ということは、アーノルドの言う通り、ロードナイト公爵家の横領も十中八九、嘘なのだろう。

「……最低」

国を代表する三大公爵家として、恥ずかしすぎる行いだ。

アンドレアに軽蔑した視線を向ける。王家に仕えるプライドもない家と同格の扱いをされているのが許せなかった。

「恥を知りなさい。三大公爵家としての誇りすら失った愚か者」

「ステラの言う通りですね」

アーノルドも同意する。

「あなたが先ほどステラに言っていたうちの横領についてですが、当然、そんなものは存在しません。徹底的に調べてもらって結構ですし、ロードナイト公爵家の潔白の証明のためです。いくらでも協力しましょう。そしてもしすでに書類を偽造しているのだとしたら、公文書偽造罪として罪に問います。百年前、そして今回の話については、すでに陛下に報告済み。屋敷に戻り、沙汰を待てとのご命令を賜っております」

どうぞ、と慇懃《いんぎん》な態度で出口を示すアーノルド。

それまで一言も言い返せなかったアンドレアが、アーノルドを睨みつけた。

「これで勝った気にでもなったか。覚えていろ。この恨みは絶対に忘れない」

「それはこちらの台詞です。何せ百年前は騙され、今回は濡れ衣を着せられそうになったのですから」

「うちも忘れないわ。エスメラルダ公爵家に罪をなすりつけたこと、絶対に許すものですか」

声を荒らげ、告げる。

真実を知れば、両親も私と同じことを言うだろう。百年も欺かれていたこと、決して許しはしないと思う。

「ステラ」

「私の名前を呼ばないで。あなたに呼ばれると吐き気がするわ」

「僕は、君を得たくて」

「私、正攻法で挑めない男は嫌いなの。それとは別にあなたのことが大嫌いだから」

「……どうして」

信じられないという顔をするアンドレアだが、どうして私が彼を好きになると思ったのだろうか。

アーノルドが私の腰を引き寄せた。

「え」

「ひとつ大切なことを忘れているようですから教えて差し上げます。ステラは私の妻なので、今更外野にうるさく騒がれても困るんですよ。もちろん、私に彼女を手放す予定はありませんから、あなたに順番が回ってくる可能性はゼロですね」

「……」

ものすごい形相でアンドレアがアーノルドを睨みつけた。アーノルドはそんな彼を更に煽るかのように嘲笑っている。

「残念でしたね。これに懲りたら人のものに手を出すのは辞めた方がいいですよ。とはいえ、百年も前からの悪癖だというのなら、そう簡単に治るものとも思えませんが」

「アーノルド……！」

「おや、いつものすかした『くん』付けはやめたのですか？　その方がいいですよ。多少格好をつけたところで、あなたの性格の悪さは隠せませんせん」

「貴様……」

「どんどん地が出てきていますが、大丈夫ですか？　それと、私は陛下の命令を伝えたはずです。沙汰が下るまで蟄居《ちっきょ》しておけと。急ぎ、屋敷に戻る必要があると思いますが、あなたはいつまでここにいるつもりなんですか？　それとも王命も理解できない馬鹿だとか？　それは失礼しました。最低限言葉くらいは通じると思っていたもので」

凄まじい勢いでアーノルドが煽る。アンドレアは怒りと羞恥で顔を真っ赤にさせながらも叫んだ。

「屋敷に戻る！」

「ええ、そうなさった方が身のためかと」

「貴様……覚えておけよ」

「それはこちらの台詞だと申し上げたはずですが」

「っ！」

アンドレアが悪魔のように歪んだ顔でアーノルドを睨む。そうして足取りも荒く、部屋を出て行った。

蟄居は王命。さすがにアンドレアも逆らおうとは思わないのだろう。

いや、これ以上罪が増えるのを躊躇《ためら》ったのかもしれない。

アンドレアが出て行き、部屋には私とアーノルドのふたりだけが残された。

アーノルドがふっと表情を和らげ、私を見る。

「ご心配をおかけしたみたいですね」

「え？」

「ロードナイト公爵家の横領話ですよ。そのような事実はありませんが、聞いた時、あなたは真実だと思い、心配してくれたのでしょう？」

「……心配なんてしていないわ。横領なんて、どうしてそんな馬鹿な真似をとは思ったけど」

「アンドレアの誘いにもあなたは毅然とした態度で断ってくれた。すごく……嬉しかったです」

噛みしめるように言われ、ギョッとした。

慌てて否定する。

「ち、違うのよ！　別にあれはアーノルドと別れたくないとかそういう話じゃなくて！　罰は罰として受けるべきだと思っただけ！　罪を隠すなんて何があってもしてはいけないもの。要求に応じるはずがないでしょう」

「……ユージーン・ロードナイトは、ベリル公爵の話を真に受け、婚約破棄を決断しましたけどね。彼は手記でそのことを酷く後悔していましたが、彼に先ほどのあなたを見せてやりたいですよ。罪は罪と認め、毅然と誘惑を撥《は》ね除《の》けられる強さ。彼はそれを持つべきだった」

「私と彼は一緒ではないわよ。ユージーンはクリスティナを愛していたのでしょう？　だからこそ彼は彼女の家も守ってやりたいと考えた。愛していたからこそ間違えたんじゃないかしら」

そういう意味では、アンドレアは私を見誤ったのだ。

私がアーノルドを愛しているのだと誤解した。そして愛しているのなら、自分の提案に乗るだろうと考えた。

前提からして間違っているのだから、失敗しても当たり前だと思う。

「私がもしあなたを愛していたら、引っかかっていたかもしれないわ」

「そんなことはないと思いますけどね。あなたはどんな状況でもきっと断ったと確信できますよ」

「そう？」

自信ありげに告げるアーノルドを見る。彼は笑みを浮かべて私に言った。

「ええ。先ほどアンドレアに『罪は罪だ』と啖呵《たんか》を切ったあなた、すごく格好良かったですよ。思わず惚れ直してしまうほどに」

「……いや、そういうのは要らないんだけど」

顔が渋くなる。

アーノルドに惚れ直されたところで、嬉しいとか思うはずがないのだ。

何せ私は別にアーノルドを好きではないので。

いや、人間的にはそこまで嫌いではないと最近は思っているけど……と考えたところで「あ」と気がついた。

百年前から今日まで続いた、エスメラルダ公爵家とロードナイト公爵家の確執。

それが、ベリル公爵家の企てによるものだったと判明したのだ。

長年、エスメラルダ公爵家はロードナイト公爵家を恨んできたけど、事情を知れば、真に憎むべきはベリル公爵家だと分かる。

まあ、エスメラルダ公爵家の無実と潔白を信じてくれなかったことについては文句を言いたいけど、ロードナイト公爵家がエスメラルダ公爵家を大切に思っていたからこそ、ベリル公爵家の誘いに頷いたことも理解できたから……うん、難しいところだ。

とにかく長年の確執の原因が相手ではなく、ベリル公爵家にあったことは事実で……でも「そうだったんだ！　じゃあこれからは元のように仲良くしましょう！」とは言えないと思うのだ。

人間、そんな簡単にはできていない。

でも、ロードナイト公爵家が全面的に悪いわけではないと分かってしまったから、今までのように彼らを責めることもできなかった。

これからのスタンス、一体どうすればいいのかと真面目に悩んでいるとアーノルドが言った。

「いいんですよ。無理をしなくても」

「え……」

「あなたのことだ。これからどうするべきか困っていたのでしょう？」

「……」

アーノルドを見上げる。

彼は優しく笑っていた。

「難しく考える必要はありませんよ。今まで通りで構いません」

「でも」

それはさすがにどうかと思う。

だがアーノルドは首を横に振った。

「本当に今まで通りでいいんです。だって、ベリル公爵家のせいだったとしても、うちの家が婚約破棄をしたのは事実。エスメラルダ公爵家を傷つけたことに変わりはありません。嫌われても当然なことをしているんですよ」

「……」

その通りだとは思うが、納得はしがたい。

どう答えればいいのか困っていると、アーノルドは「でも」と話を続けた。

「許されるのなら、少しずつでいい。私自身を見てもらえませんか？」

「え」

「憎きロードナイト公爵家の息子、ではなく、アーノルド・ロードナイト個人として見てもらいたいんです。今まではそれが叶いませんでしたから」

「……」

アーノルドの言葉に胸が詰まる。

咄嗟に返事をすることができなかった。

「私自身を見てもらって、できれば好きになってもらえると嬉しいです。私はあなたが好きですから。やっぱり両想いになりたいと思うのですよ」

優しく笑うアーノルドを見ていると、何故か心の中がグチャグチャに掻き回されるような心地になる。

気持ち悪くて、どうしたらいいのか分からない。

つい、憎まれ口を叩いてしまった。

「……見たところで、やっぱり好きになれませんでしたって結果になる可能性だってあるわよ」

「構いませんよ」

「いいんだ」

驚きの気持ちでアーノルドを見る。

彼は笑っていたが、その笑みは先ほどまでと少し様相が違っていた。何かを企む黒い笑みだ。

「ええ、構いません。あなたが私の妻だという事実は変わりませんから気長にやるだけです。時間はいくらでもある。私は決して諦めませんから、いつかはきっと実を結ぶと信じています」

「それ、好きになるまで諦めないって聞こえるけど」

「ええ、そう言っています。だから離婚を企んでも無駄ですよ。私があなたを手放すことはありませんから、諦めて私を好きになって下さい。それが一番、幸せになれる近道です」

「あのねえ」

断言するアーノルドに呆れかえる。

ふてぶてしすぎて、逆に清々しさすら感じてしまう。

なんだかおかしくなってきた私は笑いながら指摘した。

「自分で近道だと言っちゃうのってどうかと思うけど」

「事実ですから」

「事実……ねえ？」

アーノルドと両想いになることが幸せへの近道だとは思えないが、彼には確信があるようだ。

アーノルドが愛おしげに私を見つめてくる。

その視線を受け止めることができなかった。思わず目を逸らしてしまうも、アーノルドは気にしない。

私の手を握り、熱く訴えかけてきた。

「ステラ、愛していますよ。私はいつだってあなたのことが好きなのです」

告げられる言葉には狂おしいほどの熱量が込められている。

それにいつもの私なら「知らない」と一刀両断するところなのだけど、何故だろう。

今日は「ふーん」と流すだけに留めてしまった。

第六章　結末

ベリル公爵家の百年前の罪が明らかになった。

あれから、国王命令により更に詳しく調査が行われ、アーノルドが言っていたことが事実であると判明した。

百年前、横領をしていたのはベリル公爵家で、エスメラルダ公爵家は全く関係なく、ユージーン・ロードナイトは、当時のベリル公爵に騙されていただけだったと明らかになったのだ。

娘の恋心を叶えるついでに、自らの罪をエスメラルダ公爵家へなすりつける。

彼の企みは成功し、ユージーン・ロードナイトは要求を呑み、クリスティナとの婚約を破棄。

代わりにアリアと婚姻を結んだ。

とはいえ、アリアを愛せなかったユージーンは、生涯彼女との子をもうけることはなかったけれど。

そして、クリスティナが完全な被害者であることも分かり、世間の同情は一気にエスメラルダ公爵家に傾いた。

これまでは「クリスティナ・エスメラルダの方にも何か問題があったのではないか。公にしていない秘密があったのかもしれない」と言われることもあったのだが、ベリル公爵家の陰謀に巻き込まれた哀れな被害者であると分かったことで、彼女に対する評価が変わったのだ。

ご先祖様であるクリスティナが正しく評されることは嬉しいが、エスメラルダ公爵家の者だと分かるや否や、この話題について触れてくる者が多すぎて、辟易する。

ベリル公爵家については、百年前の話はすでに時効となり罪には問えないが、調査の結果、アンドレアが税金の横領をしていたことが判明し、そちらの罪を追及する方向で話が進んでいる。

しかもその横領は、ロードナイト公爵家がしたことにされていたのだ。たぶんやっているのだろうなとは思ったが、まさか本当にしているとは。正直、聞いた時は呆れたし、杜撰《ずさん》な書き換えだったと、アーノルドが怒っていた。

「あんなやり方で私の目を誤魔化せると思われていたとか、腹立たしいにもほどがあります！」

ロードナイト公爵家が罪をなすりつけられそうになったことより、書類の杜撰な書き換えの方がムカツクというのが、驚きだ。

だが、財務部門に勤めるアーノルドからしてみれば、到底許せることではなかったのだろう。

自ら先頭に立ち、アンドレアの不正処理を次々と見つけていたし、あまりの多さに、これはいくら三大公爵家であったとしても、かなり厳しい処罰を受けるのではと思われた。

その潮目が変わったのは、ベリル公爵家現当主が国王に命じられ、登城した時だった。

「今回の横領。私たちは一切関わっていない。百年前の罪についても知らされていなかった。全ては息子、アンドレアが独断で行ったこと。息子にはその責をとらせ、勘当した。すでにベリル公爵家とは関係のない人間だ」

だからベリル公爵家に罪はない、そう言い放ったのだ。

家を守るために息子を切り捨てたと見られてもしょうがないし、実際そうなのだろうけど、淡々と語るベリル公爵の姿に、皆が気圧《けお》されたのも事実だった。

そして国王が出した結論は『厳重注意』。

国王としても長く続いた三大公爵家の一画を失えなかったのだろう。

アンドレアの独断だったのならと、お目こぼしを許されたのだ。

それについて思うところがある人も多いだろうが、国王が決めたこと。

話はそれで決着し、勘当されたアンドレアは、野へと下った。

彼が今、どこにいるかはベリル公爵も知らない……というか興味もないようで「どこかで野垂れ死んでいるのではないか」と冷え冷えとした声で質問した人に答えていた。

ベリル公爵家の名前を貶めることになった息子を、ベリル公爵が酷く怒り、許していないことはその言葉からも明白で、それ以上は誰も何も聞かなかった。

私もアンドレアに対して思うところはあるが、もういなくなってしまった人のことを考えても仕方ない。

二度と会うこともないだろうと、忘れてしまうことにした。

◇◇◇

「ステラ、準備はできましたか？」

「もう少し待ってくれるかしら。服に合う帽子がなかなか見つからなくて」

部屋の外から呼びかけてくるアーノルドに答える。

アンドレアが勘当され、ベリル公爵家が厳重注意を受けた日から、ひと月ほどが過ぎていた。

今日はロードナイト公爵家の所領にあるワイン工場の視察の予定が入っていた。

アーノルドと結婚しても、ロードナイト公爵家とは一切関わることのなかった私。

ロードナイト公爵夫妻やアーノルド、そして私自身の意向でもあったのだけれど、最近少しずつ、ロードナイト公爵家に関わる話に参加させられることが増えてきた。

それは『ロードナイト婚約破棄事件』の真実が明らかになったからで間違いない。

公爵夫妻も知らなかった百年前の真実。それを今回の事件で知り、彼らも色々と考え直したのだ。

エスメラルダ公爵家も同じ。

一週間ほど前、所用があり、実家に帰った時のことを思い出す。

実家に戻った私は応接室に迎えられたのだが、集まった両親と兄は実に複雑そうな顔をしていた。

◇◇◇

「……ステラ、この間明らかになった例の話だが……あれは本当なのか」

渋面を作った父が嫌そうな声で聞いてくる。

百年前の事件については、国王の名前で発表があったので嘘ではないと分かっているが、信じたくないというところなのだろう。

気持ちはとても分かると思いながら、口を開いた。

「はい。本当です。ユージーン・ロードナイトの手記を私も確認しました」

「そうか……。では、ロードナイト公爵家があのような態度に出たのは……」

「ベリル公爵から、エスメラルダ公爵家が横領をしていると聞いたからですね。そのことを黙ってもらうために、ベリル公爵の条件である娘アリアとの結婚に応じたとのことです」

「……」

「あと、今後の付き合いをしないと宣言してきたのも、さすがに二度は庇えないし、横領しているような家とは付き合えないということだったみたいです」

「……ロードナイト公爵家は本当に愚かだな。エスメラルダが横領などするはずないではないか。何故、そこに気づかず、庇うなどという馬鹿な選択をしたのだ」

疲れたような声で父が言う。

母も兄も同意のようで頷いていた。

「そうですよ。うちが横領などするはずがありません」

「その通りです。うちのモットーは正々堂々。憎きロードナイト公爵家を叩きのめすのだって、正攻法でしかやりません。それくらい、当時付き合いのあったロードナイト公爵家なら分かってくれたはずなのに……」

「……ユージーン・ロードナイトとクリスティナ・エスメラルダは恋人同士だった。ユージーンは恋人の家を守りたい一心でベリル公爵の要求に応じたみたいです。きっとそこまで考えられなかったのでしょう」

私がロードナイト公爵家を庇うような発言をしているのもおかしな話だと思いながら、兄の疑問に答える。

兄は「そうか。恋人同士だものな」としみじみ告げた。

「恋人なら、相手も、その相手の家も大事にしたいと思うだろう。私ももし、恋人がいて同じようなことを言われたら……提案を断り切れる自信がない。罪が明らかになって家が叩かれれば恋人は泣くだろうし、結婚話だってなくなるだろう。どうせ結婚できなくなるのなら、せめて家くらい守ってやりたいと、そう考える可能性は十分ある」

「そうだな」

兄の言葉に父も同意した。

「今まで、ロードナイト公爵家なんて碌なものではないと思ってきたが……。ステラ、ロードナイト公爵家はこの話を知っていたのか？」

「いいえ。アーノルドは知らないと言っていました。真実を明らかにしたいと、彼が自発的に調べたのです」

首を緩く横に振る。父がソファの背にもたれ、大きく息を吐いた。

「そうか。ロードナイト公爵家も私たちと同じで、複雑な心境だろうな」

「エスメラルダ公爵家は碌な家ではないと親から教えられ続けてきたのに、ここにきて、実はエスメラルダ公爵家は何もしていなかったと分かったのですからね。百年間、こちらを天敵の如く扱ってきた彼らもどうすればいいか困っていることでしょう」

「それは我々も同じだ。言った分だけ自分に返ってくる。やめなさい」

兄の揶揄うような言葉を、父がピシャリと諫めた。

兄もすぐに「すみません」と謝罪を告げる。

母が頬に手を当て、困ったように言った。

「でも、どうしましょう。これから」

「そうだな。問題はそれだ」

父が目を瞑り、うなり声を上げる。

「真実が分かった以上、今までのような態度はもう取れないだろう。向こうだってある意味被害者なのだ。だが」

「今更ですよね」

父の言葉に兄が続ける。

「頭では分かっていても、実際となるとなかなか。私だって困ってますよ。だって、アーノルドと職場が同じなんですから」

「その、アーノルドの方はどうなのだ」

「なんか微妙な顔をして距離を取ってきます。どう対応すればいいのか分からないので正直有り難いです」

アーノルドの勤め先での態度を聞き、少し笑ってしまった。

彼も今まで悪口の応酬をしていた兄とどう接すればいいのか分からないのだろう。

真実を明らかにしたのはアーノルドだが、そのあとどうするかまでは考えていなかった……というか、態度をどうすればいいかいまだ決めかねているらしい。

兄の話を聞いた父が、再度溜息を吐く。

「互いにどうすればいいか分からないという状況か。だが、向こうに態度を変える気があるのなら、こちらもそれに応じようではないか」

「それでいいんですか？」

兄が驚いたように父を見る。父は重々しく頷いた。

「エスメラルダ公爵家は、意味もなく他家を嫌ったりはしない。今までが間違いだったと分かったのなら、速やかに修正するのが正しいし、そうあるべきだ。特に向こうが攻撃的な態度をやめたというのならなおさら。いつだって三大公爵家の名に相応しい行動を取り、皆の規範となるのがエスメラルダ公爵家だ。分かるな？」

「はい」

威厳ある声音で、父が私たちに告げる。私を含めた皆が頷いた。

エスメラルダ現当主である父がそう決めたのなら、従うしかなかったし、それが家の在り方だと言われれば溜飲を下げるしかなかった。

兄が覚悟を決めたような顔で言う。

「分かりました。それが父上の決定ならアーノルドとも、それなりにやっていきましょう。まだ全てを呑み込めたわけではありませんが、エスメラルダ公爵家の人間として恥ずかしくない行動を取りたいと思いますから」

「うむ。間違いは正さなくてはならない。私も近いうちロードナイト公爵に連絡を取ろう。百年前の真実が明らかになったのだ。仲良く、は難しいかもしれないが、今後はそれなりに付き合っていこうと声をかけるつもりだ」

「さすがは父上です」

「エスメラルダ公爵家当主として当然の判断だ」

兄が尊敬の眼差しで父を見ている。

母も父の隣で頷いていた。彼女が私に目を向ける。

「ステラ」

「はい」

「あなたが一番難しい立場だというのは分かっています。ですが、お父様がこうおっしゃるのですから、分かりますね？」

「……はい」

母の鋭い視線を受け、頷いた。

「……今後はアーノルドを夫として見るよう努力するようにします」

兄と同じだ。難しいかもしれないが、やるしかない。

父の方針が『正しい行い』であるのなら、私たちはそれに従わなければならないし、私も父の言うことが正しいと分かるから。

そして、今の母の言葉でひとつ決定的になったことがあった。

――あ、これ、離婚はもう無理だな。

前提条件が変わったのだ。

ロードナイト公爵家が天敵ではなくなった今、今後の付き合いを考えれば、むしろ離婚は絶対にできない。

これから歩み寄っていこうという話をしているのに離婚などするな、むしろ仲の良い夫婦になれということなのだ。

今までと百八十度違う方針に泣きたくなるが、事情は分かるので仕方ない。

アーノルドに歩み寄り、真実夫婦としてやっていけるよう努力しなければならないだろう。

そしてそこまで考え、顔を歪めた。

――できるのか。私に。

これまで散々罵り合ってきた相手と、真実夫婦に？

いや、アーノルドは私が好きだから、私さえ我慢できれば両親の望む関係は可能かもしれないけれど。

「……不安だ」

態度なんて早々変えられるものでもないし、自分が器用な人間ではないことを知っているだけに大丈夫かという気持ちになる。

だがエスメラルダ公爵家の方針は決まった。

私に拒否する権限はない。

父の言う通り、アーノルドと距離を縮める方向で行くしかなかった。

◇◇◇

「……はあ」

実家に帰った時のことを思い返し、大きな溜息が出た。

ハッとする。

今は帽子を探しているのだ。ぼんやり溜息を吐く暇はない。

「奥様、こちらの帽子は如何《いかが》でしょうか」

メイドが、白い帽子を持ってきた。鍔が小さめのクロッシェだ。

「いいわね。これにするわ」

被ってみると、なかなか良い感じにフィットしたので、決めてしまう。

準備を整えて扉を開けると、アーノルドが待っていた。

「準備はできましたか？」

「ええ、待たせたわね」

「女性の身支度には時間がかかるものと聞いています。あなたがより美しくなるための時間なら、いくらでも待ちましょう」

「……ありがとう」

滑らかに出てくる口説き文句に、一瞬文句を言おうと思ったが堪え、お礼を言う。

エスメラルダ公爵家の意向は理解した。

私はアーノルドとそれなりに上手くやっていかねばならないのだ。離婚なんてもっての外。

――前と方針が違いすぎて泣きそうだけど。……ううん、泣き言を言っても仕方ないわ。

事情が変わったのだから、こちらも合わせなければならない。

でも、どうしたって今更感は付き纏うし、実際のところ、何か行動に移せているわけでもなかった。

多少、暴言は減った……くらいだろうか。

当然、夫婦生活なんてしていない。

だってつい最近まで離婚一択だったのだ。その相手と……なんてなかなか覚悟は決められなかった。

幸いにもアーノルドは私のことが好きで『今まで通りでいい。できれば自分自身を見てくれれば嬉しい』という遠慮がちなスタンスだ。

特に急《せ》かされもしていないから、のんびりやっていけばいい。

そうは思うのだけれど、エスメラルダ公爵家の方針についてしっかりと知らされたことで、焦りが生まれたことは事実だった。

もっとこう……自分からアーノルドに近づかなければならないのではないかという使命感に似たものが湧いてくる。

——難しい。

複雑な思いでアーノルドを見る。

アーノルドは私の視線に気づくと、にっこりと笑った。

「どうしました。行きますよ」

「え、ええ」

「所領までは一時間ほどになります。馬車から見える景色を楽しんで下さいね」

優しくエスコートされ、馬車に乗る。

道中、車内は実に平和だった。

そもそもアーノルドは私を好きになってから暴言の類いは一切吐かなくなったし、今は私も無理に突っかからなくなったからだ。

アーノルドはこれから行く領地の説明をしてくれて、私もその話を真面目に聞いた。

離婚しないのならその辺りの知識もきちんと持っておかなくてはならないからだ。

今日の目的地であるワイン工場は、ロードナイト公爵領内の中でも特に有名で、毎年のようにできたワインを国王に献上している。

国王はそのワインがお気に入りで、それを見た父はいつも「もっとお気に召してもらえるものを！」と騒ぐのだけど、もうそんな子供じみた競い合いもなくなるのだろう。

父は『これ』と決めたことは貫く人だ。

「着きましたよ」

考え事をしているうちに、目的地に着いたようだ。

馬車を降りる。何故かそこにはロードナイト公爵夫妻がいた。

「えっ……」

思わずアーノルドを見る。彼は笑みを浮かべていた。

「今回の視察、言い出したのは両親なのです。是非、ステラを連れてきて欲しいと頼まれまして」

「……私、を？」

殆ど顔を合わせることのなかった義理の両親。

彼らを見れば、なんとも気まずそうな顔をしていた。

「あの……」

「……ロードナイト公爵次期当主の妻なら、所領で何がどう作られているのかくらい、把握しておかなければな」

そう言ったのは、ロードナイト公爵だった。

夫人も口を開く。

「その通りです。何も知らないではロードナイト公爵家の妻は務まりません」

「え、えっと……」

「さ、グズグズせず、さっさと行きますよ」

ふたりが私たちに背を向け、工場に向かって歩き出す。

唖然としている私にアーノルドが言った。

「……百年前の真実を知り、父たちも色々考えたのです。特にエスメラルダ公爵家は何も悪くなかったことが判明してしまいましたからね。罪悪感もあるようで」

「そ、そうなの」

「とりあえず、あなたを私の嫁として正しく扱おうと決めたらしいです。私としては真実が明らかになる前にそうして欲しかったですけどね、こればかりは仕方ない」

先を歩くロードナイト公爵夫妻を見つめる。

うちも大概困ったのだ。彼らも相当悩んだのだろう。

だが、きちんと真実を呑み込み、前を向くことを選んだ。

「私たちは誇り高きロードナイト公爵家の人間です。間違いは間違いと認めなければならないし、正さなければならない。近いうちに、エスメラルダ公爵家へ両親が謝罪に訪れるでしょう。罪のなかったエスメラルダ公爵家を百年に亘り責め続けたこと、決して許されることではないと父が言っていました」

「……うちも父が近いうちに連絡を入れると言っていたわ。そちらにも事情があったことは分かった。同じ立場に立たされれば、断れたか分からない、と。今後はそれなりにやっていきたいとも言っていたわね」

「さすがはエスメラルダ公爵家当主ですね。こちらの罪を責めることなく、共に歩もうと言って下さる。有り難いことです」

噛みしめるように告げるアーノルドだが、私は驚いていた。

彼が……というかロードナイト公爵家の人間が、父を褒めるところを初めて見たからだ。

だけどその態度で、彼らが本気で関係改善をしようと考えているのだと分かったし、私もいつまでもアーノルドと向き合うことを避けていてはいけないと思えた。

そのあと、ワイン工場の見学は恙《つつが》なく進み、ロードナイト公爵夫妻は終始私のことを気にかけてくれた。

ロードナイト公爵夫妻に優しくされるのはいまだ慣れないが、それはお互い様だ。

私もできるだけ愛想良く応じた。

帰りの馬車に乗る時には見送りまでしてくれた。

ロードナイト公爵が静かに頭を下げる。

「……あとでエスメラルダ公爵家には連絡を入れるつもりだが、息子の妻であるあなたにも言っておこう。知らなかったとはいえ、我々はなんの罪もないエスメラルダ公爵家を長く憎んでしまった。恥知らずにも婚約破棄をし、そちらのクリスティナ嬢を苦しめることとなった。手記でユージーンも深く後悔していたが、到底許されることではない。本当に申し訳なかった。これまでの我々の態度や暴言の数々、深くお詫びする」

「……父も同じようなことを言っていました。同じ立場に立たされれば、同様の決断をしたかもしれない、と。これからはお互い歩み寄ればいいとも言っていました。私も父と同じ意見です」

「……ステラ殿。あなたにもキツく当たってしまって」

「いいえ。仕方のないことでしたし、気にしていませんから」

申し訳なさそうにするロードナイト公爵夫妻に、首を横に振って答える。

実際、本当に気にしていなかった。

真実が明らかにされていない状況で、ロードナイト公爵夫妻が私を受け入れられないのは当然だからだ。

私だって受け入れてもらうつもりなんてなかった。お互い様だ。

「私からはこれ以上は言えません。あとは父と話して下さい。ですが、父も対話を強く望んでいましたので、きっといい話し合いができると思います」

私がエスメラルダ公爵家代表として返事をすることはできないので、そう告げる。

ロードナイト公爵は何度も頷いた。

「きっとそうしよう。——アーノルド、お前は良い妻を得たようだ。今更かもしれないが、私たちは、お前の結婚を祝福しよう」

「ありがとうございます」

父親の言葉にアーノルドが微笑みながら礼を言う。

公爵夫人も笑みを浮かべていた。

「私も、あなたを義娘《むすめ》として認めます。今後は次期公爵夫人として色々教えていきますからね」

「はい」

返事をする。アーノルドが言った。

「では、私たちはこれで。また近いうち、お会いできれば嬉しいです」

「ああ。その時はもちろんステラさんも連れてくるのだぞ」

「はい」

父と息子ががっしりと握手を交わす。

そうして私たちは馬車に乗り込んだのだけれど、終始笑みを浮かべていた私は内心冷や汗をかいていた。

――えっ、えっ!?　もしかして、これってアーノルドの両親にも無事認められて、ハッピーエンドですって流れ？

もしかしなくても間違いなくそうなっている。

両家は互いに間違いを認め、停滞せず、前に進むことを選んだ。

アーノルドの父親の言葉からもそれは明らかだ。

だが、それはつまり私の外堀ががっちりと埋められたということと同義で。

――か、完全に逃げられなくなってる!?

つまりはそういうこと。

いや、もちろん離婚はもう諦めているし、父の意向もある。ゆくゆくはアーノルドと夫婦になろうと腹を括ってはいるけれど、でも、なんというか、ものすごく捕まった感が強いのだ。

前後左右、どちらにも動けないというか……いや、腹を括ったというのなら気にしてはいけない。

アーノルドの妻として過ごすのなら、彼の両親に認められている方がいいに決まっているのだ。

これは歓迎すべきこと。

そうは思うのに、やっぱりどこか捕まった感が拭えなかった私は「これからどうなるんだろう」とどうにもならないことを呟いた。

◇◇◇

馬車が停まり、屋敷に着いた。

タラップを降りる。玄関には大勢の使用人が並んで私たちの帰りを待っていた。

「旦那様、奥様、お帰りなさいませ。視察はいかがでしたか?」

声をかけてきたのは家の使用人たちを取り仕切る家令だ。

基本、彼はアーノルドについていて、私とはあまり話すこともなかった。だがアーノルドが私を好きになってからは徐々に会話をする機会が増えていた。

「今年のワインも期待できそうでしたね」

アーノルドが機嫌良く家令の質問に答えている。私は黙って後ろから見ていた。

ふたりが屋敷の中へと入る。

私も続こうとしたが立ち止まり、アーノルドに言った。

「庭で軽く運動してから戻るわ。ちょっと色々発散したくて」

軽く告げる。

悩んでも解決しない問題、これをどうにか振り払うため、素振りをしようと思ったのだ。

こういう時は運動に限る。

私の言葉を聞いたアーノルドが素直に頷く。

「分かりました」

「一時間くらいで戻るから」

軽く手を振り、屋敷ではなく庭の方へ向かう。

ワンピースを着ているが、素振りくらいならできるだろう。それとも着替えた方がいいだろうか。

「それはそれで面倒なのよね」

庭を歩く。向かうは庭にある物置小屋だ。

中には庭師の道具が入っているのだが、お願いして練習用の剣も置かせてもらっている。

物置小屋は景観の邪魔にならないよう庭の目立たない場所にある。

そちらへ向かい、物置小屋の前で鍵を取り出す。

庭師からもらった合鍵だ。

「ええと……」

鍵穴に鍵を差し込む。

この時私は油断していた。

だって公爵家の敷地内だ。場所も庭で、不審者などいるはずがない。

その思い込みから、完全に気を抜いてしまっていたのだ。

「えっ……」

鍵を開けたところで、ガツンと音がした。それとほぼ同時に首に衝撃が走る。突然走った痛みに目を見開いた。

「だ、れ……」

なんとか振り返ろうとしたが無理だった。もう一撃食らい、意識が遠くなる。

襲ってきたのが誰なのか確認すらできないまま、私は意識を失った。

◇◇◇

遠くから誰かの呼び声が聞こえる。

暗闇の中聞こえてくる声は不快で、ぐわんぐわんと耳鳴りがした。

「う……」

目を開ける。

今、自分がどこにいるのか、何をしているのか分からなかった。

「床……？」

見えるのは床で、どうやら私は倒れているらしい。

見回せば、見覚えのない場所。小麦の袋などがうずたかく積み上げられているのが見えた。ワイン樽《だる》もたくさんある。

ワイン樽の上には小型のナイフが置かれていた。誰かの忘れ物だろうか。

おそらくここは倉庫だろう。勘違いかもしれないが、潮の匂いがする。海が近い可能性が高い。

高い場所に窓があって、薄《うっす》らと日の光が差し込んでいた。

日の光は橙色《だいだい》で、たぶん夕方だろうなと当たりをつけた。あれから二、三時間経ったというところだろうか。

でもどうしてこんなところに……そう思ったところで、庭で背後から襲われたことを思い出した。

「あ、そうか」

確か、二撃目で昏倒《こんとう》させられたのだ。

起き上がろうとしたが無理だった。両手両足が後ろで縛られている。

「えっ……」

「ようやくお目覚めか。全くいいご身分だね」

拘束されていると察したところで、私の他にもうひとりいることに気がついた。

顔は動かせたので、声のした方を見る。

そこにはすっかりうらぶれた身なりになったアンドレアがいて、憎々しげに私を睨んでいた。

驚愕《きょうがく》に目を見開く。

「アンドレア……」

「久しぶりだね、ステラ。僕がこんなにも苦労しているというのに、君はロードナイト公爵家の連中と上手くやっているっていうんだから、世の中は本当に不公平にできているよ」

舌打ちをするアンドレアを見つめる。

公爵家の令息らしく、いつも見栄えの良い豪奢な格好をしていたのに、今は平民のような服を着ている。しかもその服も薄汚れていて、清潔とは言いがたかった。

顔も目の下に黒い隈《くま》ができていて、髪は数日洗っていないのか、べたついていた。

汗の混じった生ゴミのような匂いが、アンドレアからする。

それが彼の体臭だと気づき、顔を歪めた。

「臭い……」

「臭い？　ああ、二週間ほど風呂に入れていないからね。それもこれも君たち、いや、アーノルドくんのせいだ。彼が余計なことを調べるから、そのせいで僕は父から勘当されてしまった」

自嘲するように笑うアンドレアだが、酷い体臭が気になって、話が頭に入ってこない。

少しでも彼から離れたくて身体を捩《よじ》る。

両手両足を縛られている状況ではそれが精一杯だった。

アンドレアが興奮気味に唾を飛ばす。

「そもそも僕に全ての罪を押しつけた父上も信じられない。こういう時は普通、息子を庇ってくれるものだろう？　それが勘当？　一文無しで放り出されて、一体どうしろというのか！　僕に死ねと言っているのか！」

「……」

アンドレアの話を聞きながら、たぶんベリル公爵ならそれくらいは言うだろうなと思った。

現ベリル当主は厳格な人物として知られているのだ。

息子アンドレアについても元々その素行に苦言を呈していて、何度も当主本人が叱っていたと聞いている。

アンドレアの公爵令息らしくない振る舞いを、当主は苦々しく思っていたのだ。

それを無視し続けた挙げ句、ベリル公爵家の名前を貶めたのだから、死んで償ってこい、くらいは言いたいだろう。

「……それで？　私を攫《さら》ったのは何が目的？」

いまだ父親に文句を言い続けるアンドレアに話しかける。

アンドレアはニマリと笑った。

ゾッとするような笑みだ。漂う体臭と相まって、気持ち悪さが五倍増しになった。

「目的なんてひとつしかないだろう。君を連れて国を出るのさ」

「え……」

国を出ると低く告げるアンドレアを見つめる。彼の目には狂気が宿っているように見えた。

「もはやこの国に僕の居場所はない。だから国を出て、新たな場所に行くんだ。もうそれしか方法はない。幸い、なんとか資金も集めることができた。今夜出航の船で行く」

「……船」

彼の言葉で、ここが王都から少し離れた海沿いにある港町だと理解した。

港町――ウーリカには立派な港があり、外国籍の船も多く泊まっている。

海外に逃げるというのなら、ウーリカで間違いないだろう。

潮の匂いがすると思ったのも、勘違いではなかったのだ。

「……びっくりだわ。あなたにそんなお金があったなんて」

一文無しで放り出されたアンドレアが、外国に渡るだけの資金を集められたことが不思議でそう告げる。

煽られたと勘違いしたアンドレアは、ムッとしたように答えた。

「僕を誰だと思っている。その気になれば、いくらでも寄付を集められるんだ」

「寄付、ね」

尤《もっと》もらしいことを言っているが、今のアンドレアが寄付金を集められるはずがないし、本来なら彼は寄付する側の人間だ。

おそらく、正攻法ではないやり方で資金を集めたのだろう。元々暴力で人に言うことを聞かせるのが好きな男だ。

安易に予想はついたが、これ以上彼を激昂させるのもよくないと思い、黙ることにする。

私が言い返さなかったことで気を良くしたのか、アンドレアがペラペラと喋る。

「どうやって君を連れてくるのかだけが問題だったけど、意外となんとかなるものだね。まさかあ
あも簡単にひとりになってくれるとは思わなかった。お陰で労せず連れてくることができたよ」

「うるさいわね」

「近衛騎士団に所属していた実績があるからと油断したのかな。せめて護衛を付けるべきだったね」

「……」

そこはアンドレアの言う通りで返す言葉もない。

屋敷の中だということと、いざとなればひとりで対応できると高を括っていた。

自分は強いのだと過信した。

その結果がこれだ。

「……どうやって屋敷に入ったの」

舌打ちをしつつ話題を変える。アンドレアは言い負かせたと思ったのか、嬉しそうだった。

「使用人たちが大勢出そろって君たちを迎えに来ただろう。あのタイミングが、一番警備が手薄に
なる」

「……確かに」

屋敷の使用人たちは、基本的に総出で主人の出迎えをする。その時間はアンドレアの言う通り、
警備が手薄になる。

同じ公爵家の出だからこそ気づいたやり口だ。

「金で雇った男と一緒に侵入し、夜を待つつもりで庭に潜んでいた。まさかターゲット本人がのう

のうとひとりで現れるとは思わなかったけどね。お陰で手間が省けたよ」

そうして私を気絶させ、雇った男にここまで運ばせたわけだ。

その男とやらは見あたらない。私の誘拐のためだけに一時的に雇っていたようだと判断した。

つまり、この場にいるのはアンドレアひとり。

厳重に結ばれた縄さえなんとかできれば、脱出することも十分に可能だと思えた。

「幸いにも、アーノルドくんはお前がいなくなったことに気づいていなかったみたいでね。簡単だったよ」

「……そうでしょうね。アーノルドには一時間ほど鍛錬をすると言ってあったから」

少なくとも一時間は気づかないはずだ。

そして今の時間が夕方なら、かれこれ二時間以上は経っている。

私がいないことにアーノルドは気づいただろう。なんなら今頃、顔色を変えて探している可能性だってあった。

「……どうせアーノルドに見つかるわよ」

「それはどうかな？　彼には君を攫った犯人も分からなければ、どこに向かったのかも知らないんだ。どうやって見つけるというんだ？」

「それは……」

アンドレアの言葉に歯がみした。

確かにその通りだ。

私がいないことに気づいたとしても、ヒントすらない状況では、この場所に辿り着くことはできない。

しかもウーリカは王都から少し離れた場所にある。

王都を探し回っているうちに船が出たら、それこそアーノルドには見つけようがなかった。

「最低」

「僕の方が酷い目に遭っているんだ。なんと言われようと平気さ」

「自業自得じゃない」

吐き捨てるように言う。アンドレアがカッと目を見開いた。

「自業自得だと⁉　元を正せば君がアーノルドくんなんかと結婚したのが悪いんじゃないか！」

「ひっ……」

顔を近づけられ、あまりの臭さと嫌悪感に身を捩った。

「僕はずっと君が好きだったのに、君ときたらそれに全く気づかず、よりによってアーノルドくんなんかと結婚する。これは酷い裏切りだ」

「裏切りって……私とあなたは何も約束していないのに」

「約束？」

アンドレアが心底不思議そうに首を傾げる。

「約束なんて必要か？　この僕が『欲しい』と言ってるんだ。望まれたものは黙ってその身を捧げるのが当然だろう？」

「狂ってるわね。私の意思は関係ないのかしら」

「あるに越したことはないが、なければ仕方ない。……そんな時だよ。昔の当主の日記を見つけたのは」

口調が優しいものへと変わる。

アンドレアはくつくつと実に楽しそうに笑った。

「百年前の当主が何をしたのか、そこには事細かに書かれていた。娘がロードナイト公爵家令息に恋をして、でもその男にはすでに婚約者がいて。平民や下級貴族ならどうにでもできたのに相手は同じ三大公爵家の人間。一筋縄ではいかない。だから当主は一計を案じたんだ。ロードナイト公爵家とエスメラルダ公爵家を破局させるために」

「……あの横領話のことよね」

「ああ、そうさ。でも、それを読んだ時、僕は嬉しかったよ。この方法を使えば、君を手に入れることができると分かったから。しかもおあつらえ向きに横領事件のなすりつけときた。ちょうどいい、と思ったよね」

昏《くら》い笑みを浮かべるアンドレアを見つめる。

ちょうどいいというのは、自分が犯した罪のいい押しつけ先を見つけたという意味だ。

「準備は全て整った。君は夫を愛している。それなら夫とその家を守るために、自らの身を差し出すだろう。そう踏んであの日、君を呼び出したんだ。それなのに、あろうことか君は僕の提案を断った」

信じられないという顔でアンドレアが見てくる。私は精一杯虚勢を張った。

「お生憎様。私は自分の身を犠牲にしたりはしないわ」

「みたいだね。ほんと最悪だったよ。全てが上手くいくはずだったのに、アーノルドくんまで乱入してきて、逆に全てが裏返った。そうして僕は父に勘当されこの状態ってわけさ。でも、このままでは終わらない」

ギラギラとした目でアンドレアが私を見る。

彼は私の腕をぐっと摑んだ。

「せめてステラ、君だけは。君だけは絶対に連れて行く。他はもうどうでもいい。だが、君だけはもらっていかなければ気が済まない！」

「っ！」

強く引き寄せられ、顔を歪める。

顔を至近距離まで近づけたアンドレアが淡々と言った。

「船は夜中に出航するが、すでに乗船は始まっている。邪魔が入らない今のうちに準備をするよ」

「嫌！　私は行かない！」

必死に抵抗するも、両手両足を縛られている状態では殆ど意味がない。

そこでハッと気がついた。

挑戦的に告げる。

「この状態の私を連れて行って、どうするつもりなの？　皆、驚くでしょうね。こんなの明らかに合意じゃない。人攫いだもの」

「もちろん、考えてあるとも。君はこれから空っぽのワイン樽の中に入るんだ。そうすればあとは勝手に船に積み込んでもらえる。出航したら、様子を見に行ってあげるよ。その頃にはもう少し大人しくしようという気持ちにもなるんじゃないかな」

「ワイン樽ですって……？」

なるほど。

私がこの場所に連れてこられた意味が分かった。本物の中に紛れ込ませておこうというわけなのだ。

「中に君がいることがバレたら困るから猿ぐつわは噛ませてもらうし、意識も刈り取らせてもらうよ。大丈夫。一瞬で時間なんて過ぎるさ」

「……最低」

ニヤニヤと笑うアンドレアを力一杯睨みつける。

逃げられるものなら今すぐ逃げたい。だけど拘束は頑丈で、私が少し暴れたくらいでは緩まなかった。

絶体絶命のピンチ。

アンドレアは勝利の笑みを浮かべている。

私がどう足掻《あが》いても逃げられないことが楽しくて仕方ない様子だ。

このまま私はアンドレアに連れて行かれてしまうのだろうか。

彼と共に外国へ行き、明日も分からない生活を余儀なくさせられるのだろうか。

好きでもない男と？

それは絶対に嫌だった。

「助けて！」

逃げられないのならと、せめて大声を上げる。

倉庫の外に声が届けばもしかしてと思ったが、アンドレアは鼻で笑うだけだった。

「ここは港の外れにある倉庫で、昼間でも人の往来は殆どない。君が叫んだところで助けに来るような酔狂な者はいないよ」

「っ……」

「どうして今、君が猿ぐつわを噛まされていないのか、もう少し考えるべきだったね」

「……私にできるのは叫ぶことだけだもの。無駄だと分かっていても、誰かがいる可能性に賭けるのは当たり前だわ」

悔しいと歯がみしながらも言い返す。

アンドレアのくせにしっかり考えている辺りが憎らしかった。

彼がトラウザーズのポケットから懐中時計を取り出す。

「ああ、もうこんな時間か。おしゃべりはおしまいだ。次、君と話すのは海の上でだね。船ではもう少し建設的な話ができることを祈っているよ」

「あなたと建設的な話なんてできたためしがないでしょう」

「なんとでも。今の君はただの負け犬。何を言われようと僕の心には響かない。さ、少し眠ってもらおうか」

アンドレアが薬らしきものを布に浸している。

これまでの話の流れからしても、たぶん、あれを嗅がされたら意識を失うのだろう。

薬を嗅いだ振りをして、ギリギリまで息を止めればなんとかなるだろうか。

いや、拘束されている状況が変わるわけではない。せめて手か足、どちらかでも縛《いまし》めが解ければアンドレアひとり制圧するくらい余裕なのに……。

「くっ……」

近づいてくるアンドレアから少しでも逃れようと身を捩る。

ワイン樽の上に先ほど確認したナイフが見えた。あのナイフがあれば、この状況を覆すことだって余裕なのに。そう思っていると、アンドレアが嗤《わら》った。

「では、おやすみ。ステラ。君を連れて行けること、本当に嬉しく思うよ」

「……連れて行ける？　私は一度だって同意していないのによく言うわね」

「ここまできてもまだそんなことを言える君の気の強さが本当に好きだよ。でも、それもどこまで持つか、楽しみだね」

「ひっ……」

意識を失うのも怖いが、それ以上に近づいてくるアンドレアの体臭がキツかった。

我慢できず言ってしまう。

「臭い！」

「……またか。しつこいな」

「臭いんだから仕方ないじゃない！　すえた匂いが気持ち悪くて堪らないわ！　お願いだから近づかないで‼」

ちょっとした時間稼ぎになるかもしれない。

その思いもあり、我慢していた気持ちを思いきりぶつけた。

アンドレアが顔を歪める。

「言いすぎだよ。さすがに傷つくんだけど」

「そんなの知らないわよ！　目が覚めてからずっと鼻が曲がりそうになるのを必死に我慢しているんだから！」

「なんだと……」

アンドレアが憤怒の形相になる。よほど臭いと言われたことが堪えたのだろう。

だが、被害者は私の方だ。

強気に睨みつける。アンドレアはワナワナと震えていたが、気を取り直したのか「ふん」と鼻を鳴らした。

「まあいい。なんと言われようが、君が抵抗できない事実は変わらないのだから」

勝ち誇ったようにアンドレアが手に持った布を鼻に近づけてくる。

これを嗅いだら、意識を失う。だから必死に顔を背けた。

「無駄な抵抗はやめたら？　それに僕が臭いというのなら、いっそ薬を嗅いで、気を失ってしまえばいいんだ。そうすれば君が不快だと思う臭いも感じない」

「そういう問題じゃない！」

「はは、分かっているさ。どうせくだらない時間稼ぎだろう？　そんなことをしたところで、助けに来る者なんていないのに、馬鹿みたいだ」

「時間稼ぎで――」

何が悪いのと、そう続けようとした時だった。

「ステラ‼」

「えっ……」

バコンという音と共に、薄暗い倉庫の中に夕方特有の赤い光が差し込んだ。

予想外すぎる声に、私もアンドレアも一瞬、動きが止まる。

「アーノルド……？」

のろのろと首を動かし、声が聞こえた方角を見る。

倉庫の扉が大きく開いていた。そこに立っていたのは、肩で息をしているアーノルドだ。

「え……どうして」

何故、彼がこんなところに。

アーノルドがここにいるのが信じられず、大きく目を見開く。

彼は別れた時と同じ格好のままだった。髪は乱れ、びっしょりと汗をかいている。

必死の思いでここに辿り着いたのだということが一目で分かった。

アーノルドの視線が私を捕らえる。その目が大きく見開かれた。

「ステラ……」

拘束されている私の姿に絶句し、アンドレアを鋭く睨みつける。

「アンドレア！　私の妻に何をしているんです！」

「貴様に説明する義務も義理もない。せっかくステラと楽しい船旅だというのに邪魔をして……」

「彼女は私の妻です！」

アーノルドが走ってくる。すでに限界なのか足は思いきりもつれており、酷く不格好な有様だ。

息も荒く、彼に力が残っていないのは明白だった。

「ア、アーノルド……」

「ふん。そんな有様で何ができるというんだ」

アーノルドの様子を見て勝てると踏んだのか、アンドレアが私から離れ、立ち上がる。

よく見れば、腰に剣を提げている。あまりこしらえのよくないものだが、丸腰よりもマシなのは確かだろう。

それを引き抜く。アーノルドも同じように何か武器を持っていると思ったが、なんと彼は丸腰のままアンドレアに突っ込んでいった。

「え……ちょ、ちょっと嘘でしょ」

「私の妻を返せ!!」

危ないと言う暇もなかった。

相手が剣を持っていることをものともせず、アーノルドが拳を振り上げる。

必死の形相で、この様子では自分が何をしているかも分かっていないのではないだろうか。

アンドレアもまさかアーノルドが丸腰で突っ込んでくるとは思わなかったのか、一瞬、怯《ひる》んだ。

「……は？」

「うわあああああああああ!!」

いつもの冷静沈着な様子をかなぐり捨てて、アーノルドがアンドレアに摑みかかる。

剣を恐れず懐に突進したのがよかったのか、反応が遅れたアンドレアは持っていた剣を取り落とした。

ふたりは勢いよく、小麦の袋が積み上げられた場所へと突っ込む。

「うわっ……」

綺麗に積み上げられていた小麦の袋が落ちる。破れた袋から粉が舞う。その中で、ふたりは互いに取っ組み合いになって、殴り合っていた。

「ステラを、ステラを返せ！」

「誰が……！　貴様こそステラを返せ！　僕が、僕の方が先に彼女を好きになったんだ！」

「知るか！　彼女は私の妻だ！　私の愛しい人だ！　それをよくも……！」

「……」

無様な殴り合いを目にし、呆然とする。

あのアーノルドが、普段から礼儀正しい態度を崩さず、一段高い場所から人をせせら笑うのが似合う男が、拳を振り上げ、必死に慣れないパンチを繰り出しているのだ。

まるでお気に入りのおもちゃを取られた子供のように顔を歪め、全力でアンドレアと殴り合っている。

「くそっ……！　貴様……」

「返せ、返せ！　ステラを返せ！」

「誰が返すか！　このっ……貴様のへなちょこパンチなんて効くかっ！」

ふたりの殴り合いは、最初こそアーノルドが優勢だったものの、徐々にアンドレアの方が優位になってきた。

そもそもアーノルドには人を殴る経験などなかったのだろう。殴り慣れていないのは見れば明らかだし、対してアンドレアは嫌な話だが、虐めをしていた経験から、人を殴ることに慣れている。

アンドレアの拳を受け、アーノルドが顔を歪める。口の端が切れ、血が滲《にじ》み出ていた。

それでもアーノルドは怯まない。

殴るより殴られる方が多い状態で、なおもアンドレアに向かっている。

唇を噛みしめ、髪を振り乱し、なりふり構わず我武者羅《がむしゃら》に拳を振り上げる。

大切な宝物を絶対に取り返すのだというような鬼気すら感じた。

本当に、子供みたいだ。

いつものアーノルドと全く違う。普段は隠していた等身大の彼が、突然目の前に現れたような心

地になった。

なんだろう。こんな時に思うことではないと分かっているが、思ってしまった。

可愛い、と。

「あ……」

ストン、と心が落ちる音がした。

今まで何を言われてもビクともしなかった心が、あまりにも呆気《あっけ》なく落ちていく音。

泣きそうに顔を歪め、それでも立ち向かっていくアーノルドを見て、どうしようもなく好きだと感じてしまったのだ。

真面目に仕事に向かう姿ではない。

そんなものに惹《ひ》かれはしない。

優しい人柄？　そんなの好きになれば優しくするのは当然だろう。

違う。そんなのではない。

私が心を揺り動かされたのは、どうにも情けなく、だけども一生懸命な姿だった。

——どうしよう。

口元を押さえる。

好きになってしまった。

私を取り返そうと必死な彼を見て、可愛いとそう感じてしまった。

今、目の前で繰り広げられている乱闘。その主役のひとりであるアーノルドの我武者羅さがどうしようもなく愛しかった。

――ううう。可愛い。

一度、可愛いと認識してしまえば、必死の形相も目の端にちょっと涙が滲んでいるところも、口をへの字に曲げているところも、何もかもが可愛く見えるし、愛おしく思える。

あろうことか、このタイミングで私はアーノルドに恋してしまったのだ。

――嘘でしょ。

自分のことながら信じたくない。

だが私が今、アーノルドにときめきを感じているのは紛れもない事実だった。

「うああああああ！」

「この……！　いつまでもしつこい‼」

九割殴られている状況になっても、アーノルドは諦めない。アンドレアを押し倒し、泥沼の様相と化してきた。

近くのワイン樽にふたりがぶつかる。ワイン樽は揺れ、その上に置かれていたナイフがカランと音を立てて落ち、跳ねたあと、私の目の前に転がってきた。

「あ……」

ナイフをじっと見つめる。

ふたりは私に気づいていない。

お互いを攻撃するのに必死で、私の様子を窺うような暇などないのだ。

アーノルドは諦めず、アンドレアに殴られながらも必死にやり返している。

「……」

できるだけ音を立てないように身体の向きを変えた。

後ろ向きになり、手首を縛られている中、なんとかナイフの柄《つか》を摑む。

――ゆっくり、落ち着いて……。

慎重にナイフを使い、ロープを切っていく。

永遠にも感じる時間。だが、実際はそれほどでもなかったのだろう。

ややあってロープはちぎれ、手が自由になった。

「や、やった……」

思わず声が出たが、慌てて抑えた。

ふたりはまだ私に気がついていない。

私は自由になった手で、今度は足の縛めも切った。

両手両足が自由になり、立ち上がる。

ゆっくりと歩き、ふたりの方へと向かった。途中、落ちていたアンドレアの剣を拾い上げる。

「――アーノルド、退《ど》いて」

「えっ……」

ふたりのすぐ後ろまで行き、静かに告げる。

私の声が近くから聞こえたことにふたりはギョッとし、こちらを見た。

「ス、ステラ……どうして」

アンドレアが引き攣った顔で私を見る。

「どうしても何も、あなたたちが派手に暴れてくれたお陰で、ワイン樽の上にあったナイフが落ちてきてくれたの。ふふ……縛られてさえいなければ、あなたひとりに後れを取るなんてことはしないわ。――アーノルド、ここからは私の出番よ」

だから退いてくれ。

再度そう告げたが、アーノルドから返ってきたのは意外な一言だった。

「嫌です」

「は？」

「私は私の手であなたを取り返したい。それをあなた自身に委ねるなど」

ムッとするアーノルドが可愛い。

ダメだ。すっかりアーノルドが可愛く見えるように目が勝手にカスタマイズされている。

可愛いアーノルドに絆されそうになったが堪える。

できる限り格好をつけて言った。

「……わ、私、ただ守られるのは好きじゃないの。それにここまで好き勝手されて怒ってもいるのよね。少しは憂さを晴らしたい。分かってくれる？」

「……ですが」

「あなた、格好いい私が好きなんでしょう？　だったら退いて？」

「……はい」

精一杯格好をつけて言えば、アーノルドは渋々といった顔ではあったが返事をした。

その顔もなんとも言えず可愛い。

アーノルドがアンドレアの上から退く。私の前にいるのは地面に座り込むアンドレアだけとなった。剣を突きつける。

「覚悟はいい？　よくも私を好き勝手しようとしてくれたわね」

「僕は……ただ、君が好きで」

アンドレアが後ずさる。

剣を持った私に勝てるとは思っていないようだ。その彼の前に持っていた剣を投げ捨てた。

「え」

「あげるわ。丸腰だったから負けた、なんて言い訳は聞きたくないもの」

にこりと笑う。

何故かアンドレアではなくアーノルドが反応した。

「ダメです！　それではあなたが丸腰に――！」

「大丈夫よ。私にはこれがあるから」

縛めを解くのに使ったナイフを取り出す。それを見た途端、アンドレアが元気になった。

「そ、そんなもので僕に勝てるとでも……！」

「そう思うのならかかっていらっしゃいよ、ほら」

挑発するように手招きする。

馬鹿にされたと思ったアンドレアが激昂した。

「この……女のくせに僕を馬鹿にして……！」

剣を取り、思いきり突いてくる。

「ステラ！」

アーノルドが悲愴《ひそう》な声で名前を呼んだが、アンドレアの動きを読んでいた私は冷静に彼の剣を、身体をずらすことで避《よ》け、その手首をナイフの柄で思いきり殴った。

「ぐあっ‼」

アンドレアが剣を取り落とす。

私は剣を拾い上げ、アンドレアの首元に突きつけた。

「チェックメイト。――ほらね。武器を持っていたところであなたが私に勝てるはずがないのよ。実戦経験もない、形だけしか剣を学んでいない男に負けるなんて醜態は晒さないわ。――馬鹿ね。その力があるのなら、私なんかに固執せずひとりで海を渡ればよかったのに――」

正攻法ではなかっただろうが、それでもアンドレアは船賃をどうにか工面するだけの知恵があった。

その悪知恵を生かして自分ひとりで生きていけば、その人生は波乱ながらもそれなりに楽しいものになったかもしれないのに、彼は自分自身でそれをふいにしたのだ。

「ロードナイト次期当主の妻を誘拐しておいて、お咎めなしだなんて思わないでね。じゃ、さよなら。これ以上、あなたの声を聞いていたくないわ」

「ステラ……僕は――」

アンドレアが何かを言いかけたが、それ以上は許さず、剣ではなく拳で彼の意識を刈り取った。

アンドレアが地面に倒れ伏す。

アーノルドが近づき、その状態を確認した。

「……完全に意識を失っているようです」

「当たり前よ。ミスはしないわ。ついでに私が縛られていたロープがあるから、それを使ってアンドレアを縛りましょう。意識を取り戻して暴れられると厄介だから」

「そうですね」

アーノルドが頷く。

ロープを手にした私は、テキパキとアンドレアを縛り上げた。

アンドレアが私の意識を奪うために用意していた布が落ちているのを見つけたので、猿ぐつわとして使い、ついでに口も封じておく。

「よし、完璧ね」

「……手際がいいですね」

額の汗を拭うと、呆れたように言われた。

「犯罪者を捕らえるのも近衛騎士団の仕事だもの。こういう荒事は慣れているわ」

「確かに。先ほどのあなたもすごく格好良かったです。惚れ直しました」

「……」

さらりと言われ、なんとも面映《おもは》ゆい気持ちになる。

好きになってしまったからだろう。アーノルドの言葉が、ダイレクトに響くのだ。

妙に気恥ずかしくなってしまった私は誤魔化すようにアーノルドに言った。

「そ、そういえば、どうしてここが分かったの？　追えたとしてもさすがに明日以降になると思っていたわ」

正直、彼がこのタイミングで来てくれるとは期待すらしていなかったのだ。

それがまさかの登場。

来てくれたのは嬉しいが、どうしたって疑問が残る。

私の疑問にアーノルドは薄く笑って答えた。

「簡単ですよ。あなたを運ぶために雇った男に直接聞いたんです」

「私を運んだ男？」

「ええ」

どういうことかと彼を見る。アーノルドは呆れたように言った。

「アンドレアですが、どうも彼、約束の報酬を支払わなかったみたいで」

「え!?」

意識を失っているアンドレアを凝視する。

アーノルドが淡々と語った。

「──あなたがいなくなったと気づいたのは、約束の一時間が過ぎてからでした。時間になっても戻っていないことに気づき、迎えに行こうと思ったんです。きっと鍛錬に夢中になっているのだと思って。それがどこにも姿が見えないどころか、物置小屋の扉は開けっぱなし。おかしいと思いました。だって私はあなたがいい加減な人ではないことを知っていますから。何かが起きたと察した私は、すぐにあなたの捜索を命じました」

その時点で一時間半が過ぎていた。

犯人が誰か、何が起こったのか分からない中で私を探すのは至難の業だろう。

「屋敷の周りを、怪しい男がひとり彷徨いていると報告を受けました。話しかけてみれば、彼は屋敷の主人と話したいと言う。このタイミングで見知らぬ男の訪問。あなたについて何かヒントが得られるかもと思った私は許可を出しました」

アーノルドの前に立った男は、大柄で、よく日に焼けていた。

「彼は言いました。男から依頼を受けて、ここの女を攫った。言われた通りの場所まで運んだのに報酬を支払うどころか、もう用済みだと冷たくあしらわれたのだとか。腹立たしく思った男は考えたようです。依頼主を殴りつけるのは簡単だ。だが、それでは報酬が手に入らない。それならば──」

「……男はあなたに情報を売ることを思いついたのね」

アーノルドの言葉を引き継ぎ、推測を告げる。彼は「はい」と頷いた。

「その通りです。あの男が約束していた額の倍額を払うのなら、女を運んだ場所を教えると。一も二もなく支払いましたよ。この時点で、あなたを攫ったのがアンドレアだというのは分かっていましたし、交渉なんてする時間も勿体ない。男は大喜びであなたの居場所と――アンドレアが船を利用することまで教えてくれたのです」

「……結局、アンドレアの自業自得だったってわけね」

話を聞けば、どうしたって呆れてしまう。

約束を守らなかった結果、裏切られたなんていかにもアンドレアがやられそうなことだと思ったのだ。

アーノルドも同じ気持ちなのか苦い顔をしていた。

「執事たちに王城に連絡するように告げた私は、急ぎ馬車に乗り込み、ウーリカへ行くよう指示を出しました。そうしてこの近くまで走らせたあとは自分の足で走り、倉庫の扉を開けたのです。あなたとアンドレアの姿を見つけた時には、怒りのあまり頭の中が沸騰するかと思いましたよ。私の愛しい妻が縛られ、転がされているだけでなく、その側によりによってあの男がいたのですから」

忌々しいと言わんばかりに気を失ったアンドレアを見るアーノルド。

私はといえば、この短時間でアーノルドがここまで来てくれた経緯を聞き、アンドレアが馬鹿でよかったと心から思っていた。

だって報酬が正当に支払われていれば、アンドレアが雇った男は何事もなく彼と別れ、自らのいるべき場所へ戻っただろうから。

そうなればアーノルドが私を探し当てるのは不可能に近い。

私にとっては本当に運がいい話だったのだ。

「……ありがとう。助かったわ」

心から告げる。

改めてアーノルドを見た。

アンドレアとやり合ったから、髪だけでなく服もグチャグチャに乱れている。

頬には殴られたあとがあり、細かな傷もあった。血が出ているところもある。

私は手を伸ばし、彼の頬にそっと触れた。

「……馬鹿ね、腫れてるじゃない。丸腰なのに帯剣している相手に向かっていくなんて、どうしたの。普段のあなたなら絶対にやらないでしょう？」

「……冷静に考えられなかったんです」

頬が痛いのか、アーノルドが顔を歪める。慌てて手を離した。

「痛い？」

「……嘘は吐きたくないので正直に言いますが、全身あちこち痛いです」

「でしょうね」

ふたりとも本気で殴り合っていたのだ。しかもアーノルドは劣勢だった。

たぶん、全身打撲状態なのだろう。

「帰って、お医者様の治療を受けないとね」

「……何をしたらこんなことになるのかと、きっと目を剝《む》かれますよ」

怪我をするようなことをしないアーノルドが、ずたぼろで現れるのだ。

きっと医者は驚くだろう。

「名誉の負傷だって言っておくわ」

「……自業自得だって言わないんですか？」

「え」という顔でアーノルドが私を見る。いつもの私なら確かにそう言っただろう。

だが、彼を好きになってしまったのだ。そんな憎まれ口を叩けるはずがないし、そもそも彼が傷だらけなのは私を助けるためなのだ。

感謝こそすれ、馬鹿にするような真似、できるわけがなかった。

「言わないわよ」

「……でも、いつもなら」

「そうね。確かに普段の私ならそう言ったかもね。でも、事情が変わったから」

「事情、ですか？」

アーノルドが首を傾げる。その仕草も可愛いと思った。

きっと私はもうダメなのだ。

一気に底の底まで落とされた。這い上がろうと思ったって、這い上がれない。

私は息を吐き、諦めの気持ちを持ってアーノルドを見上げた。

今までどうしたって『ロードナイト公爵家の男』としか見れなかったのに、これからそのフィルターを外していかないと分かっているのにできないと悩んでいたのに、こんなに簡単なことで、彼自身を見られるようになるとは思いもしなかった。

でも、案外恋なんてそんなものなのかもしれない。

――アーノルドもきっとそうだったのよね。

格好良く強い私に惚れたと言ったアーノルド。きっと彼にも今の私と同じことが起こっていたのだろう。

それもいい、と笑う。

気持ちにケリはついた。あとはもう、今のこの心をアーノルドに告げるだけだ。

「アーノルド」

「……はい」

アーノルドがどこか不思議そうな顔で返事をする。

私はそんな彼を見つめ、笑顔で言った。

「私、あなたが好きだわ」

「は？」

「私、今のであなたのことが好きになってしまったみたい」

「……」

ポカンとした顔でアーノルドが私を見てくる。その目を真っ直ぐ見返した。

「……さっきのあなた、すごく可愛かったから」

「へ……」

可愛いと言われたアーノルドが、ボッと顔を赤くする。

己を勢いよく指さした。

「か、可愛いって、私がですか⁉」

「ええ」

「あ、あなた、正気ですか⁉　生まれてこの方、可愛いなんて言われたことありませんけど！」

「そう？　さっきのあなた、とても可愛かったけど。アンドレアに必死に食らいつき、我武者羅に向かっていくあなたは、悪いけどすごく可愛かった。好きだって思ったわ」

彼が必死になってくれた時のことを思いながら告げる。

アーノルドが愕然としながら言った。

「え……あの無様な姿が？」

「無様って言わないでよ。私はあの姿を見て惚れたのに」

「我に返った今は、忘れ去りたいくらいの黒歴史ですが……え？　本当に？　あの私を見て？」

信じられないと首を横に振るアーノルドだが、私は一切嘘を吐いていない。

あのアーノルドを見たからこそ、私は恋に落ちたし、今も彼を好きだと思っているのだ。

「嘘を吐いても仕方ないでしょう？　それとも何？　信じられない？」

「……信じがたいとは思っていますが、あなたがそんなくだらない嘘を吐く人ではないということも知っています。でも、となるとあなたは私のことが……え？」

やっぱりまだ信じられないみたいだ。

アーノルドはすっかり動揺し、顔を真っ赤に染め上げている。

「今のあなたもすっごく可愛いことになっているわよ。いつもの余裕ぶったあなたよりよほど魅力的だわ」

「……そんなことを言うのはあなただけだと思いますが」

「いいじゃない。それって、可愛いあなたを私だけしか知らないってことでしょう?」

にっこり笑って告げる。

羞恥の極みに達したのか、ついにアーノルドは自身の顔を両手で覆い始めた。

「その、可愛いっていうの……やめて下さい」

「いやよ」

「ステラ」

「だって私は可愛いあなたが好きなのだもの。言うに決まってるじゃない」

「……」

「それともアーノルドは私に好かれない方がよかった?」

冗談めかして言ってみる。

アーノルドがバッと顔を上げた。

「それは嫌です!!」

「ほらね」

「～～っ!」

熟れた林檎のように顔を赤くしたまま、アーノルドが睨みつけてくる。それを笑って受け流した。

「諦めて受け入れなさいよ。可愛いアーノルド」

「……ものすごく嫌なのに『はい』しか言えない己が恨めしいです。……惚れた弱みってこういうことを言うんですね」

悔しげなアーノルドだが、どこか嬉しげに見えるのはきっと気のせいではないはずだ。

「惚れた弱みって……。私もあなたを好きになったんだから、この場合お互い様じゃない？」

「どこがお互い様ですか。明らかに私の方が、立場が弱いんですよ。……でも、良しとします。だって私が好きなあなたはどこまでも格好良い人なんですから。……愛していますよ、ステラ。先ほどアンドレアを追い詰めたあなたも本当に格好良かった。改めてあなたが好きだと感じました」

柔らかく目が細められる。

優しい声音を初めて素直に心地好《よ》いと感じられた。

「私もあなたが好きよ。アンドレアに我武者羅に向かっていったあなたが」

「……本当に嬉しくありませんね」

拗《す》ねた口調に思わず笑ってしまう。

アーノルドが恨めしげに言った。

「男に可愛いなんて、普通なら禁句ですからね？　……だからその……私だけにして下さいよ」

「っ！」

口元を押さえる。

なんて可愛いことを言ってくれるのだ、この男は。

心臓がバクバクと脈打っている。それを強く感じながら私は言った。

「心配しなくても、私が可愛いと思うのはアーノルドだけよ」

「……そうですか？」

どこか疑わしげなアーノルドが可愛くて、近くに寄る。

彼が首を傾げたタイミングに合わせて、踵《かかと》を上げた。

その唇に触れるだけのキスを贈る。

「っ⁉」

アーノルドが大きく目を見張り、私を見た。

「ス、ステラ⁉」

「疑わしいみたいに言われるのは心外だから、証拠を見せてあげようと思って。それとも嫌だったかしら？」

「い、嫌なんてそんな……だって私はあなたとキスしたいとずっと思っていて……」

「それならいいじゃない」

クスクスと笑う。

余裕ぶってはいるが、先ほどのキスは私にとってファーストキス。

当然、ドキドキしていたし、頭の中は『やっちゃった』という言葉でいっぱいだった。

でも後悔はしていない。

アーノルドを見る。彼はちょっとだけ、悔しそうだった。

「嬉しいですが、どうせなら私からしたかったです」

「これからいくらでもできるじゃない」

両想いになったのだ。真実恋人、いや夫婦ならば、触れ合う機会はいくらでもある。

私の言葉にアーノルドが動揺する。

「え、あの、それってどういう……」

「さあ？　それは自分で考えて」

「ス、ステラ……」

上ずった声でアーノルドが私の名前を呼ぶ。

それにどう返事をしてやろうかと思っていると、倉庫の入り口の方がガヤガヤとし始めた。

「あら」

遅ればせながら、ロードナイト公爵家の執事から連絡を受けて派遣された近衛騎士団がやってきたのだ。

顔見知りの騎士たちも大勢いる。

私は彼らに向かって手を振った。そうして縛り上げたアンドレアを指さす。

「誘拐の現行犯で捕まえてくれるかしら。アーノルドが間に合ってくれたからよかったけど、本当に危なかったんだから」

とはいえ、そのお陰で両想いになれたのだけど、それはもちろん言わないでおく。

騎士たちがアンドレアを取り囲むのを確認し、隣でまだ動揺を隠せていない様子のアーノルドに向かって言った。

「帰りましょうか、私たちの屋敷に」

それは私がロードナイト公爵家を自らのいるべき場所なのだと、はっきり言葉にした初めての瞬間だった。

アーノルドが目を見張る。

そして嬉しげに微笑むと「はい、帰りましょう。私たちの家に」と噛みしめるように言った。

終章　それから

アンドレアは捕縛され、王城へと連行された。

そうして改めて国王の裁きを受け、離れ小島にある塔に幽閉されることが決まった。

彼の腐りきった性根はどうあっても改善できない。

このまま放置したところで害しかないし、外に放り出すのも危険。そう判断されたのだ。

私はアーノルドと共に無事、屋敷に戻り、使用人たちに泣いて喜ばれた。

その様子を見て、彼らが本当に私をアーノルドの妻として見てくれていたのだと分かり、とても嬉しく、同時に彼らを裏切りたくないと強く感じた。

エスメラルダ公爵家とロードナイト公爵家は次第に歩み寄るようになり、顔を合わせば口汚く罵り合うこともなくなったし、どちらが国王に取り立てられているかなんてくだらないことで競い合わなくもなった。

そして私とアーノルドは、両想いになったことを機に、正しく夫婦として進み始めた。

最初はお互い『あなたを愛することはない』と言っていたというのに、人生とは分からないものだ。でも、だからこそ面白いのかもしれない。

◇◇◇

――十年後。

「えいっ！　やあっ！　とおっ！」

庭の片隅で、銀髪青目の少女が一生懸命木剣を振っている。

彼女は規定回数の素振りを終えると、私を振り返り、笑顔で言った。

「お母様！　今のはどうでしたか⁉」

「そうね」

少女――私とアーノルドの娘であるブリジットを見つめる。

今年九歳になる彼女の頬は紅潮し、目はキラキラと輝いていた。

「なかなか良かったと思うわ」

「本当ですか？　騎士団にも入れると思います⁉」

「それは私が決めることではないから、断定はできないけど」

「なあんだ。『この才能は素晴らしい！　是非、近衛騎士団に所属して欲しい！』的な誘いが来るかと思っているのに」

「……来年、入団テストがあるからどうしても受けたいならお父様に許可をもらってから受けなさい。でも、どうしてそんなに強くなりたいのかしら」

残念そうにする娘に尋ねる。

私の血なのか、娘は幼い頃から剣を振るうのが好きなのだ。

何かに取り憑《つ》かれたかのように、毎日のように素振りをしている。

それに付き合うのは吝《やぶさ》かではないし、娘の成長を見ることができて楽しいのだけれど、どうしてそんなに強くなりたいと思っているのかは知りたかった。

娘を見つめる。

娘はもじもじと恥ずかしそうにしていたが、やがて小さな口を開いた。

「……私、お父様を守ってあげたくて」

「……アーノルドを？」

思わぬ答えに目を見開く。娘はこくりと頷いた。

「はい。だってお父様って、あまり強くはないでしょう？　だから大好きなお父様を私が守ってあげられたらなって」

「……まあ。でも、それは私の役目ね」

「お母様？」

こちらを見上げてくる娘の頭を撫でる。

アーノルド譲りの銀色の髪が、太陽の光に反射し美しく煌めいていた。

「お父様を守るのはお母様の役目で、それは誰にも譲らないわ。だからね、ブリジット。あなたもお父様ではなく、あなただけの人を見つけなさい」

「私だけの人？」

「そう。あなただけを愛してくれる人。その人を守ってあげるといいわ」

娘が難しい顔をして考え込む。

そうして顔を上げ、私に言った。

「私のことを好きな人を守るんですか？　でも、私、あの子のこと好きじゃない」

「ん？　誰のことを言っているの？」

思い当たる人がいるのだろうか。

そう思い尋ねると、娘は「ルイス」とその名前を口にした。

ルイスとは、我が国の第三王子の名前だ。娘と同い年で、よく彼女に絡んでいる。

「ルイスはね、私のことが好きなくせに意地悪するし、厭味なことを言うんです」

「……あら、好きだって言われたの？」

「いいえ。でも見ていれば分かります。私は嫌いですけど」

「……」

ふん、と顔を背ける娘をまじまじと見つめる。

どうやらルイス王子は娘に嫌われている様子だ。

彼は好きな子ほど虐めてしまうタイプらしく、やたらと娘に絡んでは嫌がられている。

ただ、彼もまだ子供なので、多少は目を瞑ってやってもいいかなと思うのだ。

「ルイス殿下は素直になれない性格なのね。でも、ちょっと意地悪されたからってそれだけで嫌いと決めつけてしまうのもどうかと思うわ。よーく考えてみて。殿下にも良いところはない？　表面的なところばかりを見て、嫌いだって言ってはいないかしら」

「……お母様のおっしゃることは、時々すごく難しくて分かりません。でも……確かにちょっとだけならルイスにも良いところがあるかもしれません」

「あら」

目を細めると、娘はムッとしたように告げる。

「ほんのちょーっとだけですけど。まあ、私がルイスを好きになることなんてないですけど！」

「あらあら」

どこかで聞いたことのある台詞だと思い、クスクス笑う。

娘が「あ」と声を上げた。

「そろそろおやつの時間だわ！　お母様、私、もう行きますね！」

「はいはい。着替えと手洗いを忘れないようにね」

「はーい」

娘が本邸に向かって駆けていく。それを楽しく見送った。

先ほどの娘の台詞を思い出す。やっぱりおかしいと笑っていると入れ違いにアーノルドがやってきた。

あれから十年。

年を重ねたアーノルドは更に魅力的な男性になっていた。

目元に小皺ができているが、それは笑い皺で彼に優しい印象をもたらす。

皆は『優しく素敵な大人の男性』と彼を評するが、私からすればやはり彼はいつまで経っても可愛い男でしかなかった。

「ステラ」

側にやってきたアーノルドが愛おしげに私の名前を呼ぶ。

それを心地好く聞きながら返事をした。

「あら、アーノルド。もうお仕事は終わったの？」

今日は登城していたはずと思いながら尋ねる。

「ええ、急ぎの仕事は終わらせましたので。あなたの顔が一刻も早く見たかったんですよ」

「それは光栄だわ」

「あと、オリヴィア様が『近く、遊びに来て欲しい』とおっしゃっていましたよ」

最近オリヴィア王女には見合い話がよく来ていて、私は相談を受けているのだ。

きっと今回の誘いもその類いだろう。

彼女も二十代後半。そろそろ結婚しなければと思ってはいるが、なかなか決められないというのが悩みだった。

私も、オリヴィア王女が納得できる人が現れればいいなと願っている。

「明日にでもお伺いするわ」

「ええ、そうして下さい」

「それはそうと……お帰りなさい、アーノルド」

笑顔で告げるとアーノルドは「ただいま戻りました」と言って、私の頬にキスをした。

私も同じように返す。

これは私たち夫婦の「お帰りなさい」の合図だ。

いつものやり取りを終えると、アーノルドはまだ見えている娘の背中に目を向けた。

「あの子は今日も元気ですね。ところで、何か面白いことでもありましたか？　笑っていたようでしたが」

「ええ、ちょっとね。血は争えないのねって。同じことを言っていると思ったから」

「同じこと、ですか？」

首を傾げる夫に先ほどの娘とのやり取りを説明する。

「という感じでね、最後は『私がルイスを好きになることなんてない』だったのよ。ほら、何か思い出さない？」

彼の脇腹をツンツンと突く。

アーノルドは「おやおや」と苦笑した。

もう一度娘の背中に目をやり、口を開く。

「……そうですね。それはきっと好きになりますね」

「やっぱり？　そうなの、私もそう思うの」

クスクス笑う。

『あなたなんて好きになることはない』

それはもう十年以上前の話。

私たちはお互い本気で言っていたのに、結局、前言を撤回する羽目になった。

それまで知らなかった相手の一面を知り、惚れてしまったのだ。

でも、それは悪いことじゃない。

だって私たちは今、幸せだから。

アーノルドの手を握る。

彼が目線を向けてきたので、にっこりと笑った。

「きっとあの子も私たちと同じで幸せになると思うわ」

アーノルドも告げる。

「そうですね。少し寂しい気もしますが、きっと」

「大丈夫でしょ。あなたには私がいるんだから」

柔らかく睨めつけるとアーノルドが顔を寄せてきた。

頬を緩め、目を閉じる。

ややあって、唇に優しい熱が触れていった。

「――愛していますよ、ステラ」

「ええ、私も」

心地好い風が吹き抜けていく。
いつか娘も今の私たちの気持ちを知るだろう。
でもそれはまだ先の話。
だからそれまではまだ、私たちの可愛い娘でいて欲しいなと願うのだ。

あとがき

こんにちは。月神《つきがみ》サキです。

前回の予告通り『あなたを好きになることはない！』をテーマにした作品となりました。

楽しんでいただけましたでしょうか。

久々のケンカップル。すごく書きやすかったです。

最初のステラとアーノルドのやり取りなんて楽しすぎて、もっと書けばよかったと後悔したくらいです。

うちのヒロインは大概メンタル強めなので、ヒーローにちょっとやそっと言われたくらいで凹まないのですよね。

むしろ逆に凹ませてやるわという意気込みで、そういうのが大好きです。

今回、まろ先生にイラストをお願いしましたが、カバーイラストが好きすぎました。

イチャイチャ甘々、もしくは執着を示唆するカバーが多い中、いがみ合ってるふたりとか、めちゃくちゃ滾ります。

電子特別版のあとがきイラストもすごく好きなので、よかったら皆様もご覧になってください。

強気ヒーロー×強気ヒロイン最高！

まろ先生、お忙しい中ありがとうございました。

さてさて、次回予告ですが、次のテーマは『塩な王女とお砂糖王子』という感じです。すでに知られているかもしれませんが、私、必死に口説くヒーローと、それを塩対応でスルーするヒロインが大好きなんですよ……！

己の性癖に正直になってプロットを作りました。

こちらも楽しんでいただけるよう、頑張って書きますね！（まさに今、書いてる）

それでは、今回はこの辺りで。

お買い上げありがとうございました！　面白かったと思っていただければ嬉しいです。

また次回、お会いいたしましょう！

月神サキ

小田ヒロ Hiro Oda
Illustration あとのすけ
王女殿下の護衛猫（偽）につき、あなたに正体は明かせません
フェアリーキス
NOW ON SALE
私の主は王女様なので、
公爵令息様には懐いてあげません
変身魔法の使い手である伯爵令嬢ミアは、子ライオンの姿で「猫」と誤魔化して、幼い王女の護衛《ペット》に就任する。大敵は、ミアをただの猫ではないと怪しむ王女の婚約者で公爵令息のアレク。人間姿で休暇中、よりにもよってアレクに遭遇。早く退散したくて素っ気なくしたら、興味を持たれてしまい!?　後ろめたさを感じながらも、気さくに接してくる彼にドキドキするミア。しかし王女を狙う刺客との戦闘中、アレクの前で変身が解けてしまい――
フェアリーキスピュア
fairy kiss
Jパブリッシング　https://www.j-publishing.co.jp/fairykiss/　定価：1430円（税込）

後宮妃の采華《サイカ》は下級妃の中でも最下位。一度も会えない皇帝に業を煮やして召喚術を使うが、なぜか現れたのは皇帝の側近で非情な粛清者・仁蘭《ジンラン》で!? 償いとして『消えた女官捜し』を命じられ、新米女官に偽装して潜入活動をするはめに。伏魔殿たる後宮で采華は持ち前の逞しさを発揮するが——「おまえは目を離すとすぐに何か起こす!」「すみません!」トラブル続きで仁蘭を振り回しまくり。でもそれが彼の過保護スイッチを押してしまったようで!?

Jパブリッシング　https://www.j-publishing.co.jp/fairykiss/　定価：1430円（税込）

Jパブリッシング　https://www.j-publishing.co.jp/fairykiss/　定価：1430円（税込）

Saki Tsukigami
月神サキ
Illustration
紫藤むらさき
Jyajyauma koujyo to
じゃじゃ馬皇女と公爵令息
koushaku reisoku
両片想いのふたりは今日も生温く見守られている
2
フェアリーキス
NOW ON SALE
いとしい人と結婚するため、
邪魔する者は許しません！
留学先で出会った公爵令息のクロムと結婚する気満々で、父皇帝のもとに赴いた戦う皇女様ディアナ。なのに大臣たちが結婚に猛反対。国一番の名門魔法学園に編入し彼が首席で卒業することを条件にされてしまう。憤慨するディアナは、クロムがどれほど優秀か見せつけてやるんだから！　と闘志を漲らせる一方、再び彼とラブラブな学園生活を送れることに胸がときめく。ところが二人の周りで次々と不可解な事件が起こり、真相を探ろうとするが!?
フェアリーキス
ピュア
F
fairy kiss
Jパブリッシング　https://www.j-publishing.co.jp/fairykiss/　定価：1430円（税込）

乙女ゲーのヒロインに転生したと気づいたら、すでに推しは攻略されてました……バッドエンドを回避したい悪役令嬢に。そんな現実に直面したローズベリー。こうなったら自由に生きようと決意するが、なぜか攻略キャラでない国王エリックに口説かれてしまう。彼は将来軍事同盟のため政略結婚しなければいけない。優しい彼に心揺れるが、なぜか悪役令嬢までもが本命はエリックと言って!?
恋を取るか、国のために引くべきか、それとも?

フェアリーキス
ピュア

Jパブリッシング　https://www.j-publishing.co.jp/fairykiss/　定価：1430円（税込）

あなたを愛することはない？それは私の台詞です!!

著者　月神サキ
イラストレーター　まろ

2024年12月5日　初版発行

発行人　藤居幸嗣

発行所　株式会社Ｊパブリッシング
〒102-0073　東京都千代田区九段北3-2-5 5F
TEL 03-3288-7907　FAX 03-3288-7880

製版所　株式会社サンシン企画

印刷所　中央精版印刷株式会社

© Saki Tsukigami/Maro 2024
定価はカバーに表示してあります。
万一、乱丁・落丁本がございましたら小社までお送り下さい。
本書のコピー、スキャン、デジタル化等の無断複製は著作権法上の例外を除き禁じられています。

ISBN：978-4-86669-722-2
Printed in JAPAN